念樓學短

鍾叔河自題

第四冊

中華書局

序

杨绛

上个世纪的八十年代，钱锺书曾主动为锺叔河先生的《走向世界》一书写过一篇序文。那时的钱锺书才七十五岁，精力充沛。《走向世界》一书是促使国人向前看。

时光如水，不舍昼夜地流逝。二十年过去了。世事也随着变易。叔河先生这回出《念楼学短》合集，要求书价便宜，让学生买得起。他现在是向钱看了。他要我为这部集子也写一篇序。可是一转瞬间，我已变成年近百岁的老人。老人腕弱，要提笔写序，一支笔是有千斤重

啊！可是"双序珠玉交辉"之说，颇有诱感力。反正我实事求是，只为这部合集说几句恰如其份的话。《念楼学短》合集，选题好，翻译的句说好，注释好，批语好，读了能增广学识，读来又趣味无穷。不信，只要试读一篇两篇，就知此言不虚。多言无益，我这几句话，尔有千钧之重呢！

二千零九年六月十二日

自序

鍾叔河

【一】

學其短，是學把文章寫得短。寫得短當然不等於寫得好，但即使寫不好，也可以短一些，彼此省時省力，功德無量。

漢字很難寫，尤其是刀刻甲骨，漆書竹簡，不可能像今天用電腦，幾分鐘就是一大版。故古文最簡約，少廢話，這是老祖宗的一項特長，不應該輕易丟掉。

我積年抄得短文若干篇，短的標準，是不超過一百個漢字，而且必須是獨立成篇的。現從中選出一些，略加疏解，交《新聞出版報》陸續發表。借用鄭板橋的一句話：「有些好處，大家看看；如無好處，糊窗糊壁、覆瓿覆盎而已。」如今不會用廢紙糊窗糊壁封罈蓋碗了，就請讀者將其往字紙桶裏一丟吧。

一九九一年八月二十日於長沙

（首刊一九九一年九月一日《新聞出版報》）

【二】

　　《學其短》幾年前在北京報紙上開專欄時，序言中說：「即使寫不好，也可以短一些，彼此省時省力，功德無量。」這當然是有感而發。因為自己寫不好文章，總嫌囉唆拖沓，既然要來「學其短」，便不能不力求其短，這樣稿費單上的數位雖然也短，庶可免王婆婆裹腳布之譏焉。

　　此次應《出版廣角》月刊之請，把這個專欄續開起來，體例還是照舊，即只介紹一百字以內的文章，而且必須是獨立成篇的。也還想趁此多介紹幾篇純文學以外的文字，因為我相信，有很多人和我一樣，常親近文章，卻未必敢高攀文學。

　　學其短，當然是學古人的文章。但古人遠矣，代溝隔了十幾代，幾十代，年輕人可能不易接近。所以便把我自己是如何讀，如何理解的，用自己的話寫下來。這些只是我自「學」的結果，頂多可供參考，萬不敢叫別個也來「學」也。

一九九八年十二月十日於長沙

（首刊一九九九年《出版廣角》第一期）

【三】

　　「學其短」從文體着眼，這是文人不屑為，學人不肯為的，我卻好像很樂於為之。自己沒本事寫得長，也怕看「講大道理不怕長」的文章，這當然是最初的原因；但過眼稍多，便覺得看文亦猶看人，身材長相畢竟不最重要，吸引力還在思想、氣質和趣味上。

　　「學其短」所選的古文，本是預備給自己的外孫女兒們讀的。如今課孫的對象早都進了大學，而且沒有一個學文的，服務已經失去了對象。我自己對於古文今譯這類事情其實並無多大興趣，於是便決定在舊瓶中裝一點新酒。——不，酒還應該說是古人的酒，仍然一滴不漏地裝在這裏；不過寫明「念樓」的瓶子裏，卻由我摻進去了不少的水，用來澆自己胸中的壘塊了，即標識為「念樓讀」尤其是「念樓曰」的文字是也。

　　這正像陶弘景所說的，「只可自怡悅，不堪持贈君」。借題發揮雖然不大敢，但箭在弦上不得不發時，或者也會來那麼兩下吧。

　　　　　　　　二〇〇一年六月十一日於長沙城北之念樓

（首刊二〇〇一年六月十九日《文匯報·筆會》）

【四】

「學其短」十年中先後發表於北京、南寧和上海三地報刊時，都寫有小序，此次略加修改，仍依原有次序錄入，作為本書序言。要說的話，歷經三次都已說完，自己認為也說得十分清楚了。

三次在報刊上發表時，專欄的名稱都是「學其短」，這次卻將書名叫做「念樓學短」。因為「學其短」學的是古人的文章，不過幾十百把個字一篇，而「念樓讀」和「念樓曰」卻是我自己的文字，是我對古人文章的「讀」法，然後再借題「曰」上幾句，只能給想看的人看看，文責自負，不能讓古人替我負責。

關於念樓，我曾經寫過一篇文章，最後一句是這樣說的：

「樓名也別無深意，因為——念樓者，即廿樓，亦即二十樓也。」

二○○二年六月四日

（首刊二○○二年湖南美術出版社《念樓學短》一卷本）

七

【五】

「學其短」標出一個「短」字，好像只從文章的長短着眼，原來在報刊上發表時，許多人便把它看成古文短篇的今譯了。這當然不算錯，因為我拿來「讀」和「曰」的，都是每篇不超過一百字的古文，又是我所喜歡，願意和別人共欣賞的。誰若是想讀點古文，拿了這幾百篇去讀，相信不會太失望。

可是我的主要興趣卻不在於「今譯」，而是讀之有感，想做點自己的文章。這幾百篇，與其說是我譯述的古文，不如說是我作文的由頭；雖說太平盛世無須「借題發揮」，但借古人的酒杯，澆胸中的壘塊，大概也還屬於「夫人情所不能止者，聖人弗禁」的範圍吧！

當然，既名「學其短」，對「學」的對象自然也要尊重，力求不讀錯或少讀錯。在這方面，自問也是盡了力的，不過將「貶謫」釋讀成「下放」的情況恐仍難免。雖然有人提醒，貶謫是專制朝廷打擊人才的措施，下放是黨和人民政府培養幹部的德政，不宜相提並論。但在我看來，二者都是人從「上頭」往「下頭」走，從「中心」往「邊緣」挪。不同者只是從前聖命難違，不能不「欽此欽遵」剋期上路；後來則有鑼鼓相送，還給戴上了大紅花，僅此而已。於是興之所至，筆亦隨之，也就顧不得太多了。

二○○四年元旦

（首刊二○○四年安徽教育出版社《學其短》一卷本）

【六】

二〇〇二年由湖南美術出版社初版的《念樓學短》一卷本，只收文一百九十篇。此次將在別處出版和以後發表於各地報刊上的同類短文加入，均按《念樓學短》一卷本的體例和版式作了修訂，以類相從編為五十三組，分為五卷，合集共計五百三十篇。

抄錄短文加以介紹的工作，事實上是從一九八九年夏天開始的，說是為了課孫，其實也有一點學周樹人躲進紹興縣館抄古碑的意思。一眨眼二十年過去，我已從「望六」進而「望八」，俟河之清，人壽幾何，真不禁感慨繫之。

《念樓學短》的本意，當然是為了向古人學短，但寫的時候，就題發揮或借題發揮的成分越來越多，很大一部分都成了自己的文章。我的文章頂多能打六十分，但意思總是誠實的。此五卷合集，也妄想能和八五年初版的拙著《走向世界》一樣，至今已四次重印，得以保持稍微長點的生命。《走向世界》書前有錢鍾書先生一序，這次便向楊絳先生求序，希望雙序珠玉交輝，作為永久的紀念。九十九歲高齡的楊絳先生身筆兩健，惠然肯作，這實在是使我高興和受到鼓舞的。

二〇〇九年六月十日

（首刊二〇一〇年湖南美術出版社《念樓學短合集》）

九

【七】

《念樓學短》（《學其短》）每回面世，都有一篇自序，這回已是第七篇；好在七篇加起來不過三千五百字，平均五百字一篇，還不太長。

《念樓學短》和《學其短》，開頭都是一卷本，後來合二為一，一卷容納不了五百三十篇文章（雖然都是短文），於是成了合集五卷本。至今五卷本已經印行三次，銷路越來越廣，印數越來越多；有的讀者又覺得五卷本有些累贅。

從本版起，《念樓學短》將分上下卷印行，五卷本成了兩卷本，但內容五十三組五百三十篇仍然依舊，只將各組編排次序略予調整。比如將「蘇軾文十篇」「陸游文十篇」調整到「張岱文十篇」「鄭燮文十篇」一起，以類相從，也許會更妥帖一些。

八十年前見過一本清末外國傳教士編印的書，將《聖經》中同一段話，用各種文字翻譯出來，各佔一頁，只有中國文言文的譯文最短。我說過，我們的古文「最簡約，少廢話，這是老祖宗的一項特長，不應該輕易丟掉」。但老祖宗的時代畢竟是過去了，社會和文化畢竟是在進步。我們要珍重前人的特長，更要珍重現代化對我們的要求和期待，這二者是可以很好地結合起來的，我以為。

二〇一七年於長沙，時年八十六歲

（首刊二〇一八年湖南美術出版社《念樓學短》兩卷本）

目錄

問候的短信十一篇

贈答的短信十一篇

傾訴的短信十一篇

文友的短信十一篇

說事的短信十一篇

勸勉的短信十一篇

蘇軾的短信九篇

何必歸鄉

⬤學其短

[與范子豐]

臨皋亭下，不數十步，便是大江，其半是
峨嵋雪水，吾飲食沐浴皆取焉，何必歸鄉
哉！江山風月，本無常主，閒者便是主
人。問范子豐新第園池，與此孰勝？所不
如者，上無兩稅及助役錢耳。

‖ 蘇軾 ‖

◎ 東坡的短信九篇，均據中華書局本《蘇軾文集》（下簡稱《文
　集》）選錄，次序則按作者生平經歷，未盡依原書卷次。本
　篇錄自《文集》卷五十。
◎ 蘇軾，字子瞻，號東坡居士，北宋眉山（今屬四川）人。
◎ 臨皋亭，在黃州（今湖北黃岡），蘇軾四十五歲至四十八歲
　時謫居於此。
◎ 范子豐，華陽（今屬四川）人。

念樓讀

從我住的臨皋亭往下走，只幾十步，便到了長江邊。日夜奔騰的江水，至少有一半，是從我們四川的雪山上融化後流下來的。住在這裏，每日燒茶煮飯、洗臉洗腳用的全是它，我時時刻刻都在親近故鄉的山水，何必還要想着回鄉呢？

江中的水，眼中的山，天上的風雲，世間的景色，本來屬於所有的人。無論是誰，無論在甚麼地方，只要有閒適的心情，便都可以享受這一切，做它們的主人。

子豐君，住在新置的花園住宅中，你的感覺不知比我在此地如何？依我看，你還在做着京官，總不至於春秋兩季要完稅，更不會要交甚麼免役錢，這我就無論如何也比不上了。

念樓曰

東坡的文章好，所寫的短信尤其出色。

寫此信時，他謫居在臨皋亭下，悵望着「猶自帶，岷峨雪浪，錦江春色」的江水，怎不會憶及出川前後的歷歷往事？怎不會感慨比洶湧的峽江更險惡的宦海波瀾？而他卻能以曠達的胸懷化解常人難解的鬱結，滿足於在此地能飲食沐浴故山之水……

像東坡這樣，一個人只要能享受、會享受「本無常主」的風月江山，他鄉也就是故鄉了。

信末不忘對「兩稅」和「助役錢」略加嘲諷，顯示出他的曠達並不是出於怯懦而假裝出來的，大概還因為范子豐是彼此理解和同情他的友人，所以才無須顧忌。

田家樂

學其短

［與章子厚］

某啟：僕居東坡，作陂種稻，有田五十畝，身耕妻蠶，聊以卒歲。昨日一牛病幾死，牛醫不識其狀，而老妻識之，曰：「此牛發痘斑瘡也，法當以青蒿粥啖之。」用其言而效。勿謂僕謫居之後，一向便作村舍翁，老妻猶解接黑牡丹也。言此，發公千里一笑。

‖ **蘇軾** ‖

◎ 本文錄自《文集》卷五十五，作者時在黃州，於故營地之東得廢圃躬耕，名之曰「東坡」，因而得了「東坡居士」這個外號。

◎ 章子厚，名惇，浦城（今屬福建）人。

◎ 黑牡丹，水牛的戲稱。唐五代時以賞牡丹為雅，劉訓有次請客，故意牽來水牛，指着牠對客人說：「此劉家黑牡丹也。」

念樓讀

我在東坡上修了陂塘，開了五十畝水稻田。自己參加耕作，家眷種桑養蠶，生活馬馬虎虎，總算過得下去。

前幾天有頭耕牛發病，快要死了。叫牛醫來診，搞不清楚是甚麼病。老妻過去一瞧，說是發「豆斑瘡」，用青蒿熬粥灌牠便能救治。照她所說的做，果然將牠治好了。

請老友放心吧！不要以為我蘇軾下放到了黃州，就只在泥巴裏頭盤，成了純粹一個老農夫。──不，我太太還有雅興侍弄「黑牡丹」，安逸着呢！

老遠地寫信講這些，你一定會覺得好笑，不是嗎？

念樓曰

體力勞動有時確能給人帶來快樂。《安娜·卡列尼娜》中的列文，和農奴一起幹大活流大汗後，躺在乾草堆上曬太陽時，說了句頗含哲理的話：

最有意義的事情是勞動，而報酬就在勞動本身。

我相信這是真誠的話，雖然流大汗的農奴未必如是想。

蘇軾從文酒生涯中被搞到東坡上來「躬耕」，在這裏也顯得快樂。但他的心情和列文還有所不同，這是一種東方式的生活之藝術，即所謂黃連樹下彈琴。特別是對章惇這位很可能有點幸災樂禍，或者正在等待被遣謫者認錯的「老朋友」，恐怕還有幽他一默的一層意思。

黃州風物

學其短

[答吳子野]

每念李六丈之死，使人不復有處世意。復一覽其詩，為涕下也。黃州風物可樂，供家之物亦易致。所居江上，俯臨斷岸，几席之下，風濤掀天。對岸即武昌諸山，時時扁舟獨往。若子野北行，能迂路一兩程，即可相見也。

‖ 蘇軾 ‖

◎ 本文錄自《文集》卷五十七，作者時在黃州。
◎ 吳子野，名復古，揭陽（今屬廣東）人。
◎ 李六丈，即李師中，字誠之或作承之，北宋應天府楚丘（今山東曹縣）人。

● 念樓讀

一想起李六先生的死，應付人事的心情便越來越索然了；再讀到他的詩，更不禁心中難過。

黃州這裏的風土人情，和我還算相安；居家日用所需，也都容易弄到。家住長江邊，窗下即是陡峭的江岸，坐在書桌旁，可以望見滾滾波濤，水天一色。對岸武昌一帶的名勝，我也常常獨自一人，坐渡船過江去遊覽。

老兄此次北行，能夠繞點路，花幾天工夫，來此地一遊嗎？

● 念樓曰

李六先生承之非常同情蘇軾等「元祐黨人」。唐介被貶謫，他贈詩云：「去國一身輕似葉，高名千古重如山。」呂獻可去世，他又寫道：「奸進賢須退，忠臣死國憂。吾生竟何益，願卜九泉遊。」皆傳誦一時。難怪蘇軾「一覽其詩，為涕下也」。

好朋友走了一個便少了一個，還在的便更加值得珍重，能邀約來相見自然是極為企盼的。但這也反襯出作者是多麼渴望朋友，是多麼寂寞。

被貶黃州，對蘇軾來說是不公平，但他能欣賞黃州的風土人情，筆下的江山是如此可喜，真可說是「此心安處，便是吾鄉」。「此心」當然不會忘記朝廷的不公和權臣的陰險，但那是「人事」，屬於現實政治的世界，而他卻有另一個世界，一個讀朋友的詩、看江天一色的世界，容得他在其中寫寫信，寫寫詩，享受一點在現實政治生活中無從享受的自由。

青 燈

[與毛維瞻]

歲行盡矣，風雨淒然。紙窗竹屋，燈火青
熒。時於此間，得少佳趣。無由持獻，獨
享為愧，想當一笑也。

‖ 蘇軾 ‖

◎ 本文錄自《文集》卷五十九，作者時在黃州。
◎ 毛維瞻，西安（今浙江衢州）人。

念樓讀

年將盡時，天氣越來越冷，加上颱風下雨，蟄伏在家中，即使沒甚麼特別不順心的事，也不免會無端地覺得淒涼。

只有到夜深人靜時，在糊着紙的窗戶下面，點上一盞油燈，讓那青熒的燈光照亮攤開的書卷，隨意讀幾行自己喜愛的文字，心情才會開朗起來，慢慢便覺得寂居的生活也自有它的趣味。只可惜無人與共，只能由我獨享了。

你知道了，也會為我開顏一笑吧。

念樓曰

文人寫讀書生活，如宋濂之自敍苦讀，顧炎武之展示博學，都很令人佩服，卻不使人感到親切。「綠滿窗前草不除」「仰視明月青天高」之類又嫌做作，總不如東坡此寥寥數語，寫得出夜讀之能破岑寂也。

東坡說「燈火青熒」，後來陸放翁又有詩云「青燈有味似兒時」，如今在電燈光下很難想像此種境界。抗戰以來我一直在平江鄉下，夜讀全靠油燈，如果用的是清油，外焰便會出現青藍色，正如爐火純青時。三根燈芯的亮度略等於十支燭光，讀木刻大字本正好。可惜我那時還不夠格讀東坡全集，只在《唐宋文醇》中接觸過前後《赤壁賦》和《快哉亭記》等幾篇。有光紙石印本的小說倒偷着看了不少，比七號還細的牛毛小字真把一雙眼睛害苦了，弄得抗戰勝利後進城讀高中，就不得不戴上一副近視眼鏡。

謝寄茶

學其短

［答毛澤民］

某啟：寄示奇茗，極精而豐，南來未始得也。亦時復有山僧逸民，可與同賞，此外但緘而藏之爾。佩荷厚意，永以為好。

‖ 蘇軾 ‖

◎ 本文錄自《文集》卷五十三，作者時在惠州（從五十九歲到六十二歲謫居於此）。
◎ 毛澤民，名滂，江山（今屬浙江）人。
◎「緘而藏之」，「藏」別一本作「去」。

念樓讀

惠寄的茶葉，風味極佳，數量也不少。自從來到嶺南之後，我還從來沒有得到過這麼多這麼好的茶葉，不禁為之驚喜。

我正在慢慢品味它。此地還有幾個懂得喝茶的人（有在家的讀書人，也有出家的和尚），有時也同來品嚐。一時間吃不了的，便包好收起來了。

謝謝你的情誼，這是值得永遠珍重的。

念樓曰

知堂《五老小簡》文極賞此篇，稱其：

隨手寫來，並不做作，而文情俱勝，正恰到好處。

以為孫、盧、方、趙諸人俱不能及。題《尺牘奇賞》時又云：

尺牘唯蘇黃二公最佳，自然大雅。

「自然大雅」和「並不做作」，就是一個意思。

雅和不做作的反面，即是俗氣的梳妝打扮和裝模作樣，這本是一切文章的大忌，尺牘乃私人之間的通信，不是寫給大眾看的，當然更怕這樣。能夠用簡簡單單幾句話，把自己的意思或情愫樸素地傳達給對方，那就很好了。

如今用手機發短信，簡簡單單幾句話也許不成問題，但要不俗氣、不做作卻不容易，這關乎人的修養、氣質和風度，也不是看幾篇蘇東坡、黃山谷的尺牘便學得到的。但看總比不看好，這一點卻可以肯定。

謝 飯

[與程正輔]

某啟：漂泊海上，一笑之樂固不易得，況
義兼親友如公之重者乎？但治具過厚，慚
悚不已。經宿尊體佳勝，承即解舟，恨不
克追餞。涉履慎重，早還為望。不宣。

‖ 蘇軾 ‖

◎ 本文錄自《文集》卷五十四，作者時在惠州。
◎ 程正輔，名之才，是蘇軾的表兄，又曾是蘇軾的姐夫，此時
　 在朝為官，奉派來嶺南視察。

念樓讀

流落到了海邊這個人生地不熟的處所，笑談歡會的快樂本就十分稀罕，何況能和既是至親又是故交，如您這樣的人相聚呢？真是高興極了。但款待太殷勤，席面太豐盛，卻又使我多少有些緊張，感到慚愧。

竟夕交談，精神極佳，足見貴體康健逾恆。聽說您第二天就開船走了，很抱歉竟來不及備酒餞行，唯願旅途多多保重，早日平安回府。

謹致祝福，言不盡意。

念樓曰

程之才雖是蘇軾的姨表兄，又是蘇軾的姐夫，但蘇軾姐姐四十二年前在程家被虐待而死後，兩家便絕交了。程之才此時是以提刑官的身分，被派到嶺南來巡視的，他「很想彌補過去的爭端，和這位出名的親戚重修舊好」（林語堂《蘇東坡傳》第二十五章）。程也是位文人，能詩文，蘇軾接受了他的好意，「從此他們的關係日見真誠，彼此互寄了不少書信和詩篇」（同上）。兩個六十多歲的老者「相逢一笑泯恩仇」，也是頗有意思的事。

這只是一封應酬信。應酬本是尺牘的主要功能之一，能用平淡的語言寫出真摯的意思，便是文情俱勝的好尺牘。收信人雖是老相識，卻是新相知，故不能不講客氣；但東坡講客氣並無虛文，一樣現出了真性情、真面目。

苦澀的孤獨

●學其短

[與林天和]

某啟：近日辱書，伏承別後起居佳勝，甚慰
馳仰。數夕月色清絕，恨不對酌，想亦顧影
獨飲而已。未即披奉，萬萬自重。不宣。

| 蘇軾 |

◎ 本文錄自《文集》卷五十五，作者時在惠州。
◎ 林天和，時在增城為縣令，餘未詳。

念樓讀

收到了來信，很高興地得知，別後你生活得很有意思，我的心也就放下了。

近幾天晚上的月色極佳，正好在月下舉杯同飲，可惜卻無法做到。想必你也只能和我一樣，呆呆地望着自己在月光下的影子，在沒有朋友的難堪的寂寞中，默默地吞下這一杯苦澀的孤獨。

此境此情，一時無法盡行傾訴，只能匆匆寫下這幾行。最要緊的是，務必請多多保重。

念樓曰

現存最早的詩文選集《文選》，六十卷中有三卷「書」，李陵《答蘇武書》、太史公《報任少卿書》便列在第一和第二。這些都是好文章，卻不叫尺牘。謝在杭《五雜組》卷十四云：

> 古人不作寒暄書，其有關係時政及彼己情事，然後為書以通之，蓋自是一篇文字，非信手苟作者。⋯⋯自晉以還，始尚小牘。

這小牘便是尺牘，是信手寫來敍寒暄通情愫的東西，完全屬於私人性質，寫得好更能表現個人的風格。它的第一個著名的作者便是晉朝的王羲之，《全晉文》卷二十二至二十六差不多全是他的尺牘（雜帖）。

但尺牘之入本集，有專本，卻是宋人才有的事，蘇東坡要算是寫得最多也最好的。從此文學便越來越成為個人的事業，直到二十世紀五十年代以後，強調文學「為人民服務」「為政治服務」，才又有了變化。

邀飲茶

學其短

[與姜唐佐秀才]

今日雨霽，尤可喜。食已，當取天慶觀乳
泉，瀹建茶之精者，念非君莫與共之。然
早來市中無肉，當共啖菜飯耳。不嫌，可
只今相過。某啟上。

‖ 蘇軾 ‖

◎ 本文錄自《文集》卷五十七，作者時在儋耳（地在今海南儋
州市，蘇軾從六十二歲到六十五歲謫居於此）。
◎ 姜唐佐，字公弼，瓊山（今屬海南）人。

念樓讀

雨過天晴，最是令人高興。飯後我準備烹天慶觀的乳泉，來泡極品福建新茶，好好地享受一回。

想來想去，除你之外，再沒有人可以請來同飲了。

不過今天早市上買不到肉，只能吃素菜飯。如果不嫌棄，就請早些過來。

念樓曰

柴米油鹽醬醋茶，過去人家開門七件事，茶列最後，可有可無。但它在文人生活中卻重要得多，有許多講究。比如用水，唐人有謂揚子江心水第一，無錫惠泉水第二；有謂廬山水簾洞水第一，無錫惠泉水第二。誰是第一到清朝還在爭論，「天下第二泉」倒是舉世認同，有瞎子阿炳的《二泉映月》可證。

蘇軾謫居儋耳，那裏「百井皆鹹」，只有天慶觀中有一孔泉，甘如「醪醴渾乳」。他嘗「中夜而起，挈瓶而東」，到那裏汲水回來烹茶，作有《天慶觀乳泉賦》。這就是他詩中寫的「活水還須活火烹」和「大瓢貯月歸春甕」了。

有好茶好水，還須有人。《遵生八箋》云：

煮茶得宜，而飲非其人，猶汲乳泉以灌蒿萊，罪莫大焉。

喝茶雖是個人的事，若得一二解人同飲，佐以言談，更有意味。如《巖棲幽事》所云，「一人得神，二人得趣，三人得味」，這真是「得半日清閒，可抵十年的塵夢」（《雨天的書·喝茶》）。

八載重逢

[與米元章]

某啟：嶺海八年，親友曠絕，亦未嘗關念。獨念吾元章邁往凌雲之氣，清雄絕俗之文，超妙入神之字，何時見之，以洗我積年瘴毒耶？今真見之矣，餘無足言者。不一一。

‖ 蘇軾 ‖

◎ 本文錄自《文集》卷五十八，作者時已北歸（蘇軾六十六歲才從嶺外回江南）。

◎ 米元章，名芾，潤州（今江蘇鎮江）人。

◎ 嶺海八年，蘇軾於紹聖元年（一〇九四）貶嶺南，建中靖國元年（一一〇一）始北歸。

念樓讀

八年來，遠隔嶺外海南，和親朋好友斷絕交往已經太久，說老實話，慢慢地也就不大關心了。

時常念想着的，只是米兄你那豪邁出羣的才氣，舉世難及的文章，妙不可言的書法，甚麼時候才能讓我重新領略，幫助我洗脫這八年來沾染的荒煙瘴毒呢？

盼望的已經盼到了，其他的一切一切，也就用不着再多說了。

念樓曰

古人尺牘幾十年來我讀過不少，尺牘的實物卻到不久前才見到一回。它是一塊長一尺多寬約寸半厚不過兩分的木板，上寫着：

弟子黃朝再拜問起居　長沙益陽　字元寶

墨寫的黑字還很清楚，木的本色則已變成棕褐。因為它是東吳嘉禾年間的作品，在長沙地下埋藏了一千七百多年，一九九六年才出土。

見後的感想，第一便是墨寫的字真耐久，Parker（派克）、Waterman（華德曼）諸名牌藍墨水斷不能及。第二就是難怪古人行文簡短，一尺多長的木板頂多寬兩三寸，才便於投遞，上面又能寫多少字？和木牘竹簡同時使用的還有帛書，漢魏以後又用上了紙。「載體」變了，後人寫信於是越寫越長。

但甚麼也不如電腦方便。據說有人在網上徵異性朋友，日發信百封，長者千言。如要他削木板寫毛筆，本領再大也不行。

邀約的短信十一篇

不知會晴不

學其短

[採菊帖]

不審復何以永日，多少看未？九日當採菊
不？至日欲共行也，但不知當晴不耳。

‖ 王羲之 ‖

◎ 本文錄自《王右軍集》卷二。
◎ 王羲之，字逸少，東晉琅邪臨沂（今屬山東）人，後定居會
稽山陰（今浙江紹興），曾為右軍將軍。

念樓讀

不知近況如何？怎樣打發這漫長的日子？

初九日去不去採菊花呢？到時很想和你同去，只不知道天會不會晴。

念樓曰

《全晉文》從卷二十二後半起，一直到卷二十六的一大半，收的全是王羲之的「雜帖」也就是短信。寫信當然不會另外再取題目，《採菊帖》這個題目，跟《狼毒帖》《鷹嘴帖》一樣，都是後人取的。

蔡元培輓魯迅，稱讚他的「托尼學說，魏晉文章」。將魯迅比托爾斯泰也許不倫，但魏晉文章的簡淡蕭遠的確比後世有的「古文」好得多。

字寫得好的人，文章亦賴此得傳。王羲之的書法，在當時便人見人愛，寸楮尺素，都被珍重收藏。在《全晉文》中，他共佔了五卷，五卷中「雜帖」又佔了四卷多。後世蘇東坡、黃山谷、鄭板橋等人的零箋片語，也都能收入全集，流傳後世，就是這個緣故。

王羲之的信也確實寫得好。周作人稱其「文章與風趣多能兼具」，又「能顯出主人的性格」，所以得與書法同樣見重。像這本只是一封普通的約會信，而娓娓道來，自然親切，尤其最後一句「但不知當晴不耳」，活生生寫出了想去採菊的心思，抑又何其有情致耶。持與今人約會的短信相較，真不禁有今不如古之歎。

人生如寄

學其短

［與支遁書］

思君日積，計辰傾遲，知欲還剡自治，甚
以悵然。人生如寄耳，頃風流得意之事，
殆爲都盡，終日戚戚，觸事惆悵。惟遲君
來，以晤言消之，一日當千載耳。山縣閑
靜，差可養疾，事不異剡，而醫藥不同。
必思此緣，副其積想也。

‖ 謝安 ‖

◎ 本文錄自《高僧傳》卷四。
◎ 謝安，字安石，東晉陽夏（今河南太康）人。
◎ 支遁，即支道林，東晉僧人。
◎ 剡，地名，在剡溪（曹娥江上游），今浙江嵊州南境。

念樓讀

　　時刻掛念着你，聽說你想去剡溪養病，我放心不下，更是整天鬱悶。所聞所見，徒增傷感，覺得人生真如匆匆過客，再也沒有甚麼賞心樂事。甚盼與你相見，快談一日，便可消千載之愁。

　　吳興是一山城，十分閒靜，療養環境不比剡溪差，醫藥方面還有特色。所以希望你能前來，既可弘揚佛法以結善緣，又可暢敍友情慰我長想。

念樓曰

　　這是謝安從吳興寫給好友支遁和尚的一封信，約他來吳興會面暢談，同時療養治病。

　　支遁這時想去剡溪，這可是一處文化上相當著名的地方。李白詩：

> 湖月照我影，送我至剡溪。
> 謝公宿處今尚在，綠水盪漾清猿啼。

此謝公指謝靈運，乃是謝安的姪曾孫。在《世說新語》中，謝氏諸人屢屢出現。他們逃禪遊仙，和支遁這樣的高僧交朋友，充分表現了六朝人物精神生活的多方面。

　　在寫給支遁的這封信中，謝安完全放下了當宰相、任征討大都督的架子，他先說「人生如寄」，當求快意，繼言吳興有知己，可以晤言消愁。一句話，就是要懂得「風流得意之事」的和尚快點來。這和他指揮淝水大戰，得勝後淡淡地說「小兒輩頃已破賊」，正是同一風度。

且住為佳

學其短

[寒食帖]

天氣殊未佳，汝定成行否？寒食只數日
間，得且住，為佳耳。

‖ 顏真卿 ‖

◎ 本文錄自《全唐文》卷三百三十七。
◎ 顏真卿，字清臣，唐京兆萬年（今西安）人，祖籍臨沂（今屬
　 山東），封魯郡公。

●念樓讀

　　天氣真不好，是不是一定得走？眼看就要過節了，如果還能夠多住幾天，我看也好吧！

●念樓曰

　　此信全文不過二十二字，是留人（稱之為「汝」，應是他的晚輩，或是年輕的朋友）多住幾天再走的，也屬於邀約的性質。

　　古時行路難，故很重去留。而人生也就是一次漫長的旅行，同為過客，總是聚少離多，「且住為佳」實在是一種藝術的生活法。

　　顏魯公此篇，也是因書法流傳下來的。二十二個字的寥寥數語，又何其深情雅致，真像是一首小詩，不能不令人傾心拜倒。

　　後來辛稼軒作了一首《霜天曉角·旅興》：

　　吳頭楚尾，一棹人千里。

　　休說舊愁新恨，

　　長亭樹、今如此。

　　宦遊吾倦矣，玉人留我醉。

　　明日落花寒食，

　　得且住、為佳耳。

「明日落花寒食」和「寒食只數日間」同一意思，「得且住、為佳耳」更全用顏文，都可以打一百分。

請 來 奏 琴

[招素上人彈琴簡]

僕乍脫塵鞅，來就泉石，左右墳史，時自
舒捲，頗覺思慮斗然一清。愚俟揮弦，寫
我佳況。

‖ 王維 ‖

◎ 本文錄自《全唐文》卷三百二十五。
◎ 王維，字摩詰，唐河東（今山西永濟）人。
◎ 素上人，一位和王維交好的僧人。

念樓讀

我從塵囂紛攘中逃出來，一進入山林泉石的佳境，四壁的圖書任我披覽，心神立刻清爽了。渴盼上人能在午前抱琴而來，為我一揮手，讓你的琴聲，使這裏的一切更加美好和生動。

念樓曰

王維為部長級高官，「閒愛孤雲靜愛僧」，富貴中人偏愛跟和尚來往。這位素上人的琴藝能得到王維賞識，並得王維發信請到尚書右丞的輞川別墅來「揮弦」，肯定是一位有文化懂藝術的高級和尚。

此信只三十三字，要言不煩，毫不掩飾自己「乍脫塵鞅，來就泉石」的快樂心情，又很細緻地照顧到了僧家的生活習慣。「禺俟」，就是在午前敬候；因為和尚過午不食，要設素齋款待，當然得請上人午前來。

王維是大詩人、大畫家，非常懂得生活的藝術。他又是大官僚，有錢財，有園林，也有條件營造「藝術的生活」。這一切，被三十三個字表現得淋漓盡致。

都說王維「詩中有畫，畫中有詩」，又說他的作品有禪味，信中也充分體現了這種獨特的風格。它營造和追求的，是一個恬靜清寂的世界。這和他的詩句「松菊荒三徑，圖書共五車」「松風吹解帶，山月照彈琴」，可以互為表裏。

一碗不托

學其短

[與蘇子容]

某啟：晴色可佳，必遂出城之行。泥濘竊
惟勞頓。清明之約，幸率唐公見過。吃一
碗不托爾，餘無可以為禮也。專此，不宣。

‖ 歐陽修 ‖

◎ 本文錄自《歐陽文忠公全集》卷一百四十五。
◎ 歐陽修，字永叔，諡文忠，北宋廬陵（今江西吉安）人，古
　文唐宋八大家之一。
◎ 蘇子容，名頌，北宋泉州（今屬福建）人。
◎ 唐公，疑或是唐介（子方）。
◎ 不托，湯餅的別名。

念樓讀

天氣終於放晴，而且晴得這樣令人高興，出城的計劃一定要實行了吧？不過路上的泥濘還沒全乾，少不了勞累。

清明節來我處小聚，切盼你和唐公不要失約。不過想請你們吃一碗湯餅罷了，十分簡單的。

請一定來，見面再暢談，這裏就不再多說了。

念樓曰

歐陽修約請客人，比起王維來，氣派便很不同。兩人都是大官、大文豪，都有文人雅興：王顯得瀟灑，歐卻顯得樸素，此即個性與風格的差異。

不托是甚麼，歐陽修自己在《歸田錄》中說：「湯餅唐人謂之不托，今俗謂之餺飥矣」。那麼餺飥又是甚麼呢？據《齊民要術》的介紹，它應當是麵片；而湯餅本可指所有水煮的麵食，我看還該是餃子或餛飩才對。

餃子和餛飩都是產麥食麵的地方普通待客的食物，並不奢華。歐公此時早已為官，此等均係廚中應有之物。蘇頌學識淵博，官也做得更大，如果只是請他和唐公來吃一碗麵片，未免有點裝寒酸，一裝，也就不樸素了。

其實唐宋時士大夫的生活已日益精緻化，段成式《酉陽雜俎》云，「蕭家餛飩，漉去湯肥，可以瀹茗」，某宋人筆記中也說，某名士家廚之餅可映字，餛飩湯可注硯。六一居士並不是不講究生活的人，我想他家的那「一碗不托」，總也與此相去不遠。

邀住西山

學其短

[寄四五弟]

山中已有一亭，次第作屋。晨起閱藏經
數卷，倦即坐亭上，看西山一帶，堆藍設
色，天然一幅米家墨氣。午後閒走乳竇聽
泉，精神日以爽健，百病不生。吾弟若有
來遊意，極好。三月初間，花鳥更新奇，
來住數月，煙雲供養，受用不盡也。

‖ 袁中道 ‖

◎ 本文錄自施蟄存《晚明二十家小品》。
◎ 袁中道，字小修，公安（今屬湖北）人，與兄宗道、宏道合
稱「三袁」。

念樓讀

山上正在陸續蓋房，已經建好了一個亭子。我晨起後先讀幾卷佛經，倦了便往亭中坐坐。

從亭中閒看西山，青藍的底子上渲染着別的顏色，筆意近似米家父子一派。午後又散步到鐘乳石窟那裏去聽泉，自覺精神一天比一天好，各種病都沒有再發。

兩弟有意來遊，極是好事。到三月初，花會開得更好，鳥兒也會啼唱得更有精神。那時歡迎你們來小住幾個月，享受一下山裏的煙雲、林泉的合奏。

念樓曰

晚明文字能別開生面的，多推「公安三袁」。中道長兄宗道（伯修）、二兄宏道（中郎），皆以文章名世，其「四五弟」則並不知名。

「三袁」之中，伯修居長，又先中進士入翰林，當然是帶頭的；中郎著作最多，影響最大，是「公安派」的主將；小修「有才多之患」（錢牧齋語），成績雖稍遜中郎，文采則不遑多讓。其《遊西山十記》，好像在有意和伯修《西山五記》比高低，可讀性實在更強；寫人物的《回君傳》，持與中郎有名的《拙效傳》相較，也有青出於藍的表現。

約弟來遊，為述山中景物，堆藍設色，花鳥新奇，信中文字，亦可謂「煙雲供養，受用不盡」矣。

去木末亭

◍**學**其短

[簡趙履吾]

秦淮河故是一長漚堂，夫子廟前更擠雜，包酒更喚不得。不若往木末亭，吃高座寺餅，飲惠泉二升，一魚，一肉，何等快活也。

‖ 王思任 ‖

◎ 本文錄自周亮工《尺牘新鈔》卷十。
◎ 王思任，字季重，號謔庵，明末山陰（今紹興）人。
◎ 趙履吾，未詳。
◎ 秦淮河、夫子廟，都在南京鬧市區。
◎ 惠泉，酒名，出無錫惠山。

念樓讀

　　秦淮河已經成了澡堂子，濁穢不堪。夫子廟前更是人流混雜，實在無法停留。那裏的甚麼「包酒」，聞都聞不得，更不要說進口了。

　　還不如去木末亭玩吧，在那裏可以吃高座寺的餅，叫一份魚一份肉，喝上兩斤惠泉酒，那才叫快活哩。

念樓曰

　　王季重的文章，喜歡用詼諧的口氣進行調侃，這是許多人喜歡他或不喜歡他的原因。

　　有人說：「季重滑稽太甚，有傷大雅。」從他自己選入《悔謔》的下面這一則看：

　　　陳渤海有麗豎拂意，斥令退後，此僮怏然。謔庵曰：「你老爺一向如此，用人靠前，不用人靠後。」

「麗豎」即長相好看的幼年男僕，是供主人發泄變態性慾用的。謔庵曰「用人靠前」，即暗示男性間的性行為。他以男色為謔，的確很不「雅」。但從整體上看，他開的玩笑裏頭，可以看出對於病態社會的針砭，與大多數黃色笑話仍有區別。

　　此信邀姓趙的朋友去遊木末亭，其實是阻止他去遊秦淮河。木末亭不知在甚麼地方，總不會在南京鬧市吧，我想。

遊秦淮

● 學其短

[邀六羽叔泛秦淮]

野蔬村釀，不足道也。第微雨漂舟，小杯
細語，覺秦淮豔地，自有一種清境留與我
輩。牙板金樽，徒增俗氣耳。

‖ 丁雄飛 ‖

◎ 本文錄自周亮工《尺牘新鈔》卷八。
◎ 丁雄飛，字菡生，晚明江浦（今南京市浦口區）人。

念樓讀

普普通通幾樣小菜，本地出產的一瓶白酒，招待實在太寒磣。可是趁着毛毛雨，你我二人，一葉小船，自斟自飲，娓娓清談，在爭喧鬥豔的秦淮河上，亦未嘗不可以另外創造一個小小的清靜世界。

那些勁歌金曲、陪酒女郎，本來就庸俗喧囂得討厭，我們對其是不會感興趣的，不是嗎？

念樓曰

王思任說秦淮河已經成了個大澡堂，不要去遊；丁雄飛卻說在這裏躲在船中「自有一種清境」，邀叔叔去泛舟。如此脫略，大概是「少年叔姪如兄弟」，不必拘泥禮數吧。

王丁二人，可以有不同的看法。其實，王思任未必那麼怕擠雜，丁雄飛也未必只喜歡野蔬村釀。文人氣性，想怎麼說就怎麼說，至少在晚明還有這麼點自由。

秦淮豔地，本是公子哥兒、富貴閒人流連的地方。直到今天，寫董小宛、冒辟疆、李香君、侯方域他們的作品，還在大肆美化這種「牙板金樽」的生活。殊不知當時就有丁家叔姪這樣的人，寧願追求「一種清境」，十分鄙視河上的俗氣。

而在「現代」作品中，妓女和嫖客被寫成了朱麗葉和羅密歐，槳聲燈影裏早就沒有丁家叔姪此類書呆子的座位了。

莫負此清涼

學其短

［與周櫟園］

綠陰深處，艤舟載酒，相待久矣。主人翁
須亟來，借芰荷風泠然醒之。否則一片清
涼，恐彼終付瞌睡中耳。

‖ 張惣 ‖

◎ 本文錄自周亮工《尺牘新鈔》卷十。
◎ 張惣，字僧持，明江寧（今南京）人。
◎ 周櫟園，名亮工，明末清初祥符（今開封）人，即《尺牘新鈔》
　的編者。

念樓讀

小船早已停泊在綠陰深處，酒菜也預備好了，你這位主角請趕快動身來吧。別人在這裏已經等得夠久了。

真希望你快來，用這裏充滿荷香的冷風，來搧醒大家的瞌睡，不然的話，豈不白白辜負了這夏日中難得的一片清涼。

念樓曰

讀晚明人的文字，總有一種和讀唐宋古文不同的感覺，那就是他們並不一定想講甚麼道理，只是把自己想講的話講出來，而又總是講得那麼別致，那麼不落俗套。張惣在「綠陰深處」停船待客，是寧願摒棄俗豔繁華，想從清靜中得到點安閒，正是晚明讀書人常有的一種生活態度。

《儒林外史》是寫明朝讀書人的小說。小說中的杜少卿，即屬此類人物，也是作者吳敬梓的影子。吳敬梓在小說末尾的詞中寫道：

記得當時，我愛秦淮，偶離故鄉。

向梅根冶後，幾番嘯傲；

杏花村裏，幾度徜徉。……

雖說「我愛秦淮」，可是「偶離故鄉」來到此地，喜歡去的卻是梅根冶、杏花村這類「一片清涼」之處，並不想到秦淮河房的風月場中去湊熱鬧。

可見吳敬梓雖是清朝人，其精神氣質卻是晚明的，甚可愛也。

一醉方休

學其短

[簡張船山]

園中荷花已大開矣，鬧紅堆裏，不少游魚之戲。惟葉多於花，渾不能辨其東西南北耳。倘能來，當雪藕絲，剝蓮蓬，盡有越中女兒酒，可以供君一醉。

‖ 吳錫麒 ‖

◎ 本文錄自葉楚傖《歷代名人短箋》。
◎ 吳錫麒，號穀人，清錢塘（今杭州）人。
◎ 張船山，名問陶，清遂寧（今屬四川）人。

念樓讀

園裏的蓮花已經盛開，成片成堆紅色的、粉紅色的花朵下面，許許多多魚兒在往來遊戲。因為蓮花多而且密，田田的蓮葉則更多更密，魚兒又游得相當快，古樂府所寫的：

魚戲蓮葉東，魚戲蓮葉西，

魚戲蓮葉南，魚戲蓮葉北。

在這裏就只見魚兒在游，卻說不出魚的東西南北了。

歡迎你來此一遊。如果能來，會為你切好雪白的藕絲，剝出新鮮的蓮子，還備有紹興的女兒酒，一定會讓你喝個一醉方休。

念樓曰

吳錫麒和張問陶，都是乾嘉時詩壇的領軍人物。他們的詩，當時傳誦極廣，至今的清詩選本中也還在選，如吳錫麒的《雨中過七里瀧歌》中寫船上飲酒：

玉壺買春雨堪賞，尺半白魚新出網。

飲酣抱甕臥船頭，聽得舟人齊拍掌。

張問陶的《陽湖道中》寫江南春色：

風回五兩月逢三，雙槳平拖水蔚藍。

百分桃花千分柳，冶紅妖翠畫江南。

詩人請詩人來喝酒的短信，寫出來不是詩也是詩。我只能借梁晉竹一句現成的話來形容：「甚矣，文人之筆足以移情也。」

明年再見

⬤學其短

［與孫星木］

居庸關外，淹滯三年，諫不行，言不聽，
而猶未去，則可愧之甚矣。茲已決意南
旋，臘初買車起程。惟與知己遠違，未免
快悵。明歲之冬，仍作北遊。慷慨悲歌之
士，總在燕南趙北之間，後會正可期耳。

‖ 龔聯輝 ‖

◎ 本文錄自龔聯輝《雪鴻軒尺牘》。
◎ 龔聯輝，字未齋，清會稽（今紹興）人。
◎ 孫星木，未詳。

念樓讀

在關外「幫閒」了三年，建議不被採納，提意見也沒人聽；如果還繼續待下去，臉皮就太厚了。因此我決定回南邊，臘月初就僱車動身。

遠離好友，不免傷感。明年冬天，我仍將北上。韓文公說，「燕趙多慷慨悲歌之士」，朋友正應該在這裏結交。後會有期，用在這裏並非套話，那我們就約定明年再見吧。

念樓曰

後會之期，約定在「明歲之冬」，時間顯得長了點，但仍然是約會。古時生活節奏慢，從關外到江南，單程就要一個來月（回家過年得臘初起程），那麼為期也並不太遠吧。

在關外「淹滯三年」，龔君似乎並不得意。他的身分是一名幕友（俗稱師爺），即被官員聘請去辦文案的人，在明清兩代，這也是讀書人考試不利後的一條出路。其中雖過左宗棠那樣的人物，但大多數都是在橐筆傭書，用今天的話說就是受僱的文員，得看東家的臉色行事，自己做不得自己的主的。

《雪鴻軒尺牘》和《秋水軒尺牘》，在晚清社會上相當普及，幾乎成了寫信的範本，民國時期仍餘風未泯，這當然是抬高了它們。但平心而論，它們的文辭還比較講究，所反映的中下層士人的生活，也有一些社會文化史的價值，亦不必一筆抹殺。

問候的短信十一篇

喜見手跡

學其短

[與竇伯向書]

孟陵奴來，賜書見手跡，歡喜何量，次於面也。書雖兩紙，紙八行，行七字，七八五十六字，百十二言耳。

‖ 馬融 ‖

◎ 本文錄自《全後漢文》卷十八。

◎ 馬融，字季長，後漢茂陵（今陝西興平東北）人。

◎ 竇伯向，名章，後漢平陵（今陝西咸陽）人。

◎ 孟陵，廣西蒼梧的古稱。

念樓讀

所遣奴僕來送書信，見到了你的手跡，十分高興，差不多等於執手晤面了。

信紙雖然只有兩張，每張上有八行，每行七個字，七八五十六，也就得到你的一百一十二個字了。

念樓曰

馬融是著名學者，又做過不小的官。據說他「絳帳傳經」，聽講的生徒常有千人，絳帳後設女樂，看得出是一個有學問、富感情、廣交遊的人。竇章出身名門，史稱其「少好學，有文章」，正是適合交朋友的對象。從此信看，他們二人的友情是很真摯的。

在此信中，馬融別具一格地一個字一個字地數出來信的字數，這既說明他對友人竇章手跡的珍重，又顯出一種書呆子式的幽默，讀來風趣盎然。

竇章的來信寫了一百一十二個字，馬融的去信更短，只寫了三十八個字。那時紙剛發明，原來信寫在尺把長的木牘上（故稱「尺牘」），一百一十二字要算是一封長信了。

孟陵當然不會是「奴」的名字，那麼是不是幫竇章送信給馬融的人也就是「奴」主人的名字呢？如果它不是人名而是地名，這地方又在哪裏呢？難道是廣西蒼梧嗎？

如何可言

學其短

[與周益州書]

計與足下別，廿六年於今，雖時書問，不
解闊懷。省足下先後二書，但增歎慨。頃
積雪凝寒，五十年中所無。想頃如常，冀
來夏秋間，或復得足下問耳。比者悠悠，
如何可言。吾服食久，猶為劣劣，大都比
之年時，為復可耳。足下保愛為上，臨書
但有惆悵。

‖ 王羲之 ‖

◎ 本文錄自《全晉文》卷二十二。
◎ 王羲之，見頁四〇注。
◎ 周益州，名撫，字道和，東晉潯陽（今江西九江）人，永和
　三年（三四七）為益州刺史。

● 念樓讀

　　自與吾兄話別，於今已二十六年。雖常通信，亦未能盡吐胸懷。讀先後兩次來書，不禁傷感。

　　近日大雪嚴寒，五十年來所未有，不知吾兄體氣如常否？明年夏秋，希望仍能再得來信。

　　悠悠往事，實在一言難盡。我服藥已久，效果也只平平，無非過一年算一年，只要今年不比去年太差就算不錯了。吾兄可要多多愛護自己的身體。

　　暫時就寫了這些，憶念老友的悵惘之情，卻是寫也寫不盡的。

● 念樓曰

　　王羲之這封信，在明代張溥所編的《漢魏六朝百三名家集·王右軍集》卷一中，是分作兩封信的。「如何可言」以上題作《積雪凝寒帖》，以下題作《服食帖》，而統歸於《十七帖》。從文義看，這樣似有割裂之嫌，於是便依《全晉文》卷二十二作為一封信了。

　　關於《十七帖》，張彥遠《法書要錄·右軍書記》云：

　　　十七帖長一丈二尺，即貞觀中內本，一百七行，九百四十二字，是炬赫著名帖也。十七帖者，以卷首有「十七日」字，故號之。

原來這是唐太宗叫人將王羲之二十多封信接起來裱成一個長卷，作為書法的標本，故號之「帖」；稱「十七帖」，則因第一行開頭為「十七日先書……」，並不是只有十七封。

苦雨

［與梅聖俞］

某啟：雨不止，情意沉鬱。泥深不能至書局，體候想佳。某以手指為苦，旦夕來書字甚難，恐遂廢其一支。豈天苦其勞於筆研，而欲息之邪？悶中謹白。

‖ 歐陽修 ‖

◎ 本文錄自《歐陽文忠公全集》卷一百四十九。
◎ 歐陽修，見頁四八注。
◎ 梅聖俞，名堯臣，宣州宣城（今屬安徽）人。

念樓讀

這雨落個不停，落得人的情緒低到了極點。路上又全是泥濘，不能前往書局相見，只能寫信問好了，想必你的身體和精神，一定都很佳勝。

我的手指痛得厲害，如今執筆寫字都感困難，恐怕會要成為殘廢。難道是老天爺憐惜我寫字寫得太苦，想用這個辦法讓我休息嗎？

真是悶得受不了啊！

念樓曰

「苦雨」這個題目是周作人的，文章則發表在民國十三年（一九二四）七月二十二日的《晨報副鐫》上，乃是寫給「伏園兄」的一封信，一開頭就說：

北京近日多雨，你在長安道上不知也遇到否，想必能增你旅行的許多佳趣。雨中旅行不一定是很愉快的，我以前在杭滬車上常遇雨，每感困難，所以我於車上的雨不能感到甚麼興味……

人們在雨天的情思總是抑鬱的，泥深路爛無法出門會見朋友，當然更加抑鬱，再加上病痛，就只有靠寫信來排遣了。

現代化減少了氣候對人們生活的影響，「苦雨」的感覺在城市裏便不太強烈。若只從「實用主義」的角度看，這當然是文明進步帶來的好處，對於古人的這類情懷，今人卻不免越來越感覺有隔膜了。

周氏信中又訴說雨水對他的生活帶來種種不便，故而稱「苦雨」。這種心情，和歐陽修與梅聖俞信中所寫的，我看差不多。

悲士不遇

學其短

[與馬策之]

髮白齒搖矣，猶把一寸毛錐，走數千里道，營營一冷坑上。此與老牯跟蹌以耕，拽犁不動，而淚漬肩瘡者何異？噫！可悲也。每至菱筍候，必兀坐神馳，而尤搖搖者，策之之所也。廚書幸為好收藏，歸而尚健，當與吾子讀之也。

‖ 徐渭 ‖

◎ 本文錄自施蟄存《晚明二十家小品》。
◎ 徐渭，字文長，明山陰（今紹興）人。
◎ 馬策之，未詳。

● 念樓讀

頭髮白了，牙齒也鬆動了，還得帶着一支禿筆，走上幾千里路，夜夜在冷炕上滾來滾去。這就像一頭老牛，跌跌絆絆拉不動犁，眼淚流淌在磨破了的肩膀上，夠慘的了。

每到菱角筍子上市時，我常常一個人呆坐着，一顆心卻奔向遠方，奔向了故鄉，只想着故鄉的朋友和風物。想得最多的，便是策之你那裏了。

架上的書，請好好收拾保存着。回鄉後如果我身體還好，就來和你同讀，好嗎？

● 念樓日

董仲舒作《士不遇賦》，他自己倒是「遇」到漢武帝，得到皇帝賞識，做了大官。賦中提到的「不遇」之士六人，卞隨、務光、伯夷、叔齊、伍員、屈原，或則不願為君王服務，或則願為君王服務而不可得，都走上了絕路。中國的士人（讀書人）的命運，全得看是「遇」還是「不遇」，確實可悲。

士（讀書人）一多，官有限，「遇」的機會越來越少，「不遇」者自然越來越多。如果你能樂天知命，也還罷了；如果不安分，在不允許獨立、不給你自由的政治社會條件下，偏想追求自由獨立，像徐文長這樣，那就只得「營營一冷坑上」，靠「一寸毛錐」向策之傾訴自己「不遇」之悲了。

但徐文長的文字好，他漂泊在異鄉，將縈繞心頭的故鄉友人、兒時食物和讀過的舊書娓娓道來，仍能傳之後世。

南京風景

學其短

［與何彥季］

雨花台細草，綿軟如茵，坐臥其上，不見
泥土，他山所無也。攝山往祖堂，磴道幽
甚。清涼寺前草坡平曠，極宜心目。弟於
數處，皆時遊憩，內養不足，正藉風景淘
汰耳。

‖ **陳衍** ‖

◎ 本文錄自周亮工《尺牘新鈔》卷一。
◎ 陳衍，字磐生，明侯官（今福州）人。
◎ 何彥季，未詳。

念樓讀

雨花台的一大片草坪，又密又軟又整齊，像一牀厚厚的綠色的毯子，坐臥在上面都看不見泥土，這是別處難得見到的。

棲霞山往祖堂去的那條石級路，兩旁的風景十分幽靜，也大可流連。

清涼寺前的山坡上，視野開闊，給人的感覺則非常曠遠。

我常去這幾處地方走走，深深地感覺到了大自然無窮無盡的美。這對於孤寂空虛的心靈，的確是一種洗滌，一種撫慰。告訴你，相信你一定會為我高興。

念樓曰

給朋友講自己的生活，講自己開心的事，講此處的風光，講此處可以遊目騁懷的地方，也是一種問候的方式，往往更能引起對方的興趣，增進彼此的感情。因為問候本是關心，自己要關心對方，對方也在關心自己，報告這些，比一般問訊更為具體，也更顯得親切。

陳磐生給何彥季講的是南京風景，是雨花台的草坪，棲霞山的磴道，清涼寺的前坡，是他自己對這幾處風景的感覺。古人寫風景，無論用韻文，用散文，多是寫自己的感覺，將物（客觀世界）與我（主觀精神）結合得很好。

酒杯花事

學其短

［與王元美］

別來從句讀中暗度春光，不知門外有酒杯
華事。每憶祇園曇觀，草綠鳥啼，追隨杖履
之後，笑言款洽。如此佳況，忽落夢境矣。

‖ 陳繼儒 ‖

◎ 本文錄自施蟄存《晚明二十家小品》。
◎ 陳繼儒，號眉公，晚明華亭（今屬上海）人。
◎ 王元美，名世貞，明太倉（今屬江蘇）人。

念樓讀

與公別後，我的春天，都從書頁中悄悄翻過去了，再也沒有聞過門外的花香和酒氣。

回想起那次同遊佛寺，在鳥鳴草綠、生機盎然的環境中，我們的興致是多麼高，談論得多麼暢快。這種美妙情景，恐怕只能從夢中再去追尋了。

念樓曰

前面說過，士有「遇」有「不遇」。「遇」本來只有遇得君王的賞識，才能「出仕」（不是余秋雨說的「致仕」）做官。但到後來，又有了第二條路——像陳眉公這樣做「山人」。

「山人」不必做官，只要做「翩然一隻雲間鶴，飛去飛來宰相衙」便得了。信是寫「與王元美」的，此王公即當朝刑部尚書王世貞，「追隨杖履之後」，「酒杯花事」便可以盡情享受。當然這得有本事，才寫得出這樣的信來。

「從句讀中暗度春光，不知門外有酒杯華（通『花』）事」，對於「行樂須及春」的人來說，的確是很大的損失。但是，生活中看來仍有「從句讀中」尋求快樂的人，陳眉公自己倒不一定是這樣的。

有人說周作人不問世事，整天面前攤着一本書，院子裏花開花謝全不知道，這就簡直是連門內的花事也不關心了。試問：若書中無樂趣，又怎能達到此種境界？而能不知花事但知讀書，無論是對社會還是對個人，又究竟是好事還是不好呢？

西風之歎

學其短

[復張天如]

人居城中，友生觺之不置，如男子張君嗣
附之，疲倦欲死，奈何奈何。相隔既遙，
不能如山間麋鹿常相聚。每有西風，何能
無歎。

‖ 陳際泰 ‖

◎ 本文錄自周亮工《尺牘新鈔》卷三。
◎ 陳際泰，字大士，晚明臨川（今屬江西）人。
◎ 張天如，名溥，晚明太倉（今屬江蘇）人。

念樓讀

住在城中，被這裏的一班關係戶包圍着。真像那個當了丞相府長史官的張君嗣，人們都來找長史官，卻不知道張君嗣本人已經累得要死，煩得要死了，真不知該如何才能應付得好，應付得了。

和你相距得這麼遠，無法像從前那樣，以自由之身在山野中隨時晤談，縱情歡笑。想想張季鷹西風起時為了故鄉的蒓菜鱸魚棄官回家，的確可以理解；但比起他的決心和毅力來，又只能自愧不如。

念樓曰

士人僥倖得「遇」，做上了官，若能完全融入官僚政治的體制，無論升降浮沉，都會各得其所。如若不能或不完全能夠如此，則苦惱就難得避免。此陶潛（淵明）之所以賦「歸去來」，張裔（君嗣）之所以「疲倦欲死」也。

此信中最後兩句，用了《晉書》中的典故。張翰（季鷹）原在外為官，以秋風起，思吳中鱸魚蒓菜之味，歎曰：

人生貴得適意，何能羈宦數千里以要名爵乎。

遂辭官回家了。

張君嗣的故事見頁一一二至一一三。此時的陳際泰已經和張翰一樣動了鄉思，卻還和張君嗣一樣被名利場中人從早到夜包圍着，心情不免更加煩躁，「每有西風，何能無歎」，正是理所當然。

寂寞

學其短

［與徐文卿］

春雨雖佳，恨斷吾相知往還耳。不審齋頭
作何事也？旦夕不晴，須當一面。案上置
何書，且願聞之。

‖ 莫是龍 ‖

◎ 本文錄自周亮工《尺牘新鈔》卷二。
◎ 莫是龍，字廷韓，號秋水，明華亭（今屬上海）人。
◎ 徐文卿，未詳。

念樓讀

春雨雖然好，妨礙你我好朋友之間的交往就不好了。

這幾天來，總在想着你因為這雨被困在家中，該在做些甚麼事情呢？

如果明後天還不晴，總不能老不見面吧？你正在讀哪些書，也該讓我知道知道了。

念樓曰

歐陽修因「雨不止」而情意沉鬱，莫廷韓說「春雨雖佳」，斷相知往還便可恨了。天象與人心未必相關，亦視人的主觀感覺如何為轉移耳。

歐莫二人「苦雨」，都是因為雨阻斷了知心朋友之間的往來；這在現代生活中已經不成問題，但現代也還有別樣的「雨」吧。雨本身無所謂好不好，討嫌不討嫌，但如果它阻斷了朋友間的往還，就會使人覺得不好，覺得討嫌了。常說情隨境遷，但「境」在心中引起的感受，也是因「情」而異的。

人總是需要友情，需要朋友的。俗話說，「在家靠父母，出外靠朋友」，這是純粹從實用價值上着眼。知識分子不會這麼說，那麼恐怕就是為了排解寂寞了。雨天帶來了寂寞，寂寞中更加渴望朋友的友情，於是才有了這些信。

舉火不舉火

學其短

[復王于一]

承問窮愁何如往日。大約弟往日之窮，以
不舉火為奇；近日之窮，以舉火為奇。此
其別也。

‖ 杜濬 ‖

◎ 本文錄自周亮工《尺牘新鈔》卷二。
◎ 杜濬，字于皇，號茶村，明末清初黃岡（今屬湖北）人。
◎ 王于一，未詳。

念樓讀

謝謝你的關心，來問我家困難生活的情形是否有了變化。應該說，變化還是有的。

從前別人家生火做飯時，我家總是不生火做飯，不免使人覺得奇怪。如今別人家生火做飯時，我家偶爾也生火做飯，就更加使人覺得奇怪了。

這也算是有了變化吧。

念樓曰

此信寫法奇特，絕無多語，只從「不舉火為奇」到「舉火為奇」說明變化。從前窮得有時缺米缺柴，只能「不舉火」；現在窮得只能偶得柴米，才會「舉火」。如果所說屬實，杜君真是窮得不能再窮了，怎麼還有紙筆來寫信呢？

《顏氏家訓‧勉學篇》云朱詹家貧，累日不爨，即不舉火：

乃時吞紙以實腹。寒無氈被，抱犬而臥。犬亦飢虛，起行盜食，呼之不至，哀聲動鄰。

累日不舉火，便不能不「吞紙以實腹」；杜家「以舉火為奇」，家貧更甚，又如何維持一家人生命？莫非文人會哭窮，言過其實了？焦廣期《此木軒雜著》談到家中最多而無用者是別人一定要送來的時文集子，然後舉朱詹為例云：

不幸遭值荒歲，此几上纍纍者，庶可備數月之糧乎。

難道說杜君他也是「吞紙以實腹」的嗎？

告罪

學其短

[與光纘四哥]

承三枉顧而不得一回候，罪何如也。溽暑炎熇，蒸耳灼目，三遊湖而三病，兩拜客而兩病。老朽殘軀，惟裹足杜門為便耳，高明諒之。

‖ 鄭燮 ‖

◎ 本文錄自影印墨跡。落款云「板橋弟鄭燮頓首光纘四哥足下」。
◎ 鄭燮，號板橋，江蘇興化人。
◎ 光纘四哥，未詳。

念樓讀

謝謝您一連三次來訪，我卻一次也沒能回步，真正對不起。

暑天酷熱，大太陽底下實在去不得。三次遊湖，兩回訪友，我都中了暑。老病之軀，被迫整天躲在屋裏，無法出門，只能請您恕罪了。

念樓曰

別人來訪過三回，自己未能答訪一次，確實說不大過去。此信落款「板橋弟鄭燮」，可見這位光纘四哥原是位朋友，朋友稱哥，交情自然不淺，那麼「諒之」總是沒有問題的。

我也是一個不喜歡去「奉看」或「答訪」的人。朋友來倒是很歡迎，但也得有話可談，至少是「相看兩不厭」的。不好辦的是那些「不速之客」，有的一次又一次來「枉顧」，使你覺得不能不去答訪，但是又實在不能去或不願去，簡直成了精神上的一大壓力，生活中的一大痛苦。

古時通信不便，古人只能以書簡互相通問，才為我們留下了這些美妙的文字。如今電話拿起便等於晤面，用手機發短訊更為方便，真不知有的老同志何以還要如此不憚地走訪，難道真是為了鍛煉身體，想保持「老來腰腳健」嗎？

專靠電話和電腦聯繫，不能留下紙面文字也不大好，有時還是寫一寫信吧。

節序懷人

學其短

［復錢繩茲］

元夜連袂看燈，極一時徵逐之樂。流光如駛，忽屆新秋，節序懷人，何能已已。承寄家兄一函，為理積牘，裁答久稽，或不罪其疏節耶？弟擬中秋返省。餅圓似月，藕大如船，三五良辰，何堪虛度。不知足下亦作思歸之計否？

‖ 許思湄 ‖

◎ 本文錄自許思湄《秋水軒尺牘》。
◎ 許思湄，字葭村，清山陰（今紹興）人。
◎ 錢繩茲，未詳。

念樓讀

元宵之夜，結伴看燈，你呼我趕，真是一段快樂的記憶。時間匆匆過去，如今已是秋天，有時仍不免想起那次同遊的朋友。

家兄的信，遲遲沒有奉答。希望你不要生氣──這裏拖沓的沒覆的信還有一大堆呢。

中秋節我準備回省城一趟。想想那裏香甜的月餅和新鮮的藕吧，能不能又一次結伴同行啊？

念樓曰

周作人在《再談尺牘》文中評論許葭村的尺牘道：

《秋水軒尺牘》與其說有名還不如說是聞名的書，因為如為他作注釋的管秋初所說，「措詞富麗，意緒纏綿，洵為操觚家揣摩善本」，不幸成了濫調信札的祖師，久為識者所鄙視，提起來不免都要搖頭，其實這是有點兒冤枉的。秋水軒不能說寫得好，卻也不算怎麼壞，據我看比明季山人如王百谷所寫的似乎還要不討厭一點，不過這本是幕友的尺牘，自然也有他們的習氣，……不會講出甚麼新道理來，值得現代讀者傾聽。但是從他們談那些無聊的事情可以看出一點性情才氣，我想也是有意思的事。

做幕友是「士不遇」的另一條出路，即為得「遇」的官們去幫忙或幫閒，而山人則只幫閒不幫忙。其實二者並無高下之分，選讀他們的尺牘，也只是欣賞一點性情才氣，無論如何，總比看效忠信或隨大流表態的各種公開信好一些。

贈答的短信十一篇

毋相忘

🔵學其短

［致問春君］

奉謹以琅玕一，致問春君，幸毋相忘。

║奉║

◎ 本文錄自羅振玉、王國維編《流沙墜簡》。
◎ 奉，人名，漢時戍守居延者，其姓氏已不可考。

念樓讀

春君：你好！

這枚綠玉珮送給你，它代表着我的一片真心，願你能永遠珍重它，視如你我的情意。

念樓曰

> 琅玕珍重奉春君，絕塞荒寒寄此身。
>
> 竹簡未枯心未爛，千年誰與再招魂。

此係周作人《苦茶庵打油詩補遺》之二十，原注：「《流沙墜簡》中有致春君竹簡。」

《流沙墜簡》是一部出土簡牘集，收二十世紀初期從甘肅漢代烽燧遺址中發掘出來的簡牘。「致春君」十四字寫在兩支竹簡上，乃是兩千年前的一件情書。顧廷龍有臨本，為其書法代表作。我有《千年誰與再招魂》一文云：

> 兩千年前的烽燧，早已夷為沙土⋯⋯可是這件用十四個字（是墨寫的還是血寫的呢？）熱烈懇求春君「幸毋相忘」的情書，歷經兩千年的烈日嚴霜，飛沙走石，卻仍然保持了美的形態和內涵，表現出那番血紛紛的白刃也割不斷，如刀的風頭也吹不冷的感情，使得百世而下的我們的心仍不能不為之悸動，從中領受到一份偉大的美和莊嚴。

> 有實物為證，這件漢簡，真可以稱為不朽的情書了。

長沙近年也出土了一批吳簡，其中卻找不出如「致春君」這樣有意思的。看來那時我們長沙人即已鄙視浪漫注重實際，心思和筆墨都用在問候長官和記明細賬上面了。

橘子三百枚

學其短

[奉橘帖]

奉橘三百枚，霜未降，未可多得。

‖ 王羲之 ‖

◎ 本文錄自《王右軍集》卷二。
◎ 王羲之，見頁四〇注。

◉念樓讀

　　送上橘子三百枚，因為此時天還沒有打霜，暫時只能有這麼些，無法更多了。

◉念樓曰

　　橘子本來要蓄在樹上，等到打霜以後，才能熟透，才最好吃。抗戰以前，父親在嶽麓山下湖南大學旁邊一處叫朗公廟二號的地方，買過一座橘園，帶有幾間瓦屋。每年將橘子「判」給別人時（「判」就是在掛果後由買主踏看後估定價格，採摘運走時付錢），都要留下一兩樹自家吃，因此我從小便知道了這一點關於橘子的常識。

　　橘子熟透的標準，一是真正紅透，二是皮不附瓤，極易剝離。只有這樣的橘子，才真正好吃，這是自家有橘園的人才能享受得到的口福。市上出售的橘子，都是皮色青青時下樹，那紅色都是「漚」出來的。王羲之當然不會吃這種橘子，也不會拿來送人，這三百枚，應該是從向陽的枝丫上頭選摘下來的早熟果吧。後來韋應物有詩云：

　　　憐君臥病思新橘，試摘猶酸亦未黃。
　　　書後欲題三百顆，洞庭須待滿林霜。

也就是說橘不見霜不能摘下送人，用的正是王羲之的典故。

幾張字

學其短

[與盧倉曹]

足下今日定成行否？不得一至郊郭，深用悵然，珍重珍重。所欲拙書，今勒送十餘紙，望領之，勿怪弱惡也。不具不具。

‖ **顏真卿** ‖

◎ 本文錄自《顏魯公文集》卷四。
◎ 顏真卿，見頁四四注。

⬤念樓讀

您今天一定要走嗎？我不能出城相送，心中十分抱歉，謹祝一路平安。

您想要的字，勉力寫成十來張送上。近來腕力屢弱，實在寫得不成樣子，請不要嫌棄。

匆匆作信，許多事情都來不及縷陳，只能言不盡意了。

⬤念樓曰

顏真卿在朝為殿中侍御史（後升至尚書，封魯郡公），外放為太守，也是地方主官。倉曹只是州郡管糧穀事務的小官，卻能和顏真卿交朋友（《全唐文》收有顏氏《與盧倉曹》的另一封信），還能要他寫字相送，一送就是「十餘紙」。由此可見當時士大夫相交感意氣，不太重功名，有才藝者亦不以才藝相矜，今人實在應該覺得慚愧。

盧倉曹一次竟能得到十多張顏魯公的法書，在今天看來真是天大的幸事，在當時卻只是普通的人情。我想顏真卿寫過《乞米帖》，也許他生活困難常常缺糧，因此不能不對管糧庫的人特別客氣一點也說不定。

唐人真跡，如今若能存世，一張的價值，至少也要上億元。但魯公當時寫送給盧君的十幾張，在彼此心目中的價值，大概最多亦不過一兩石米。時移事易，讀古人文字，於筆墨之外，的確還能尋得許多趣味。

達頭魚

學其短

[與梅聖俞]

某啟：陰雨累旬，不審體氣如何？北州人有致達頭魚者，素未嘗聞其名，蓋海魚也。其味差可食，謹送少許，不足助盤飧，聊知異物耳。稍晴，便當書局再相見。

‖ 歐陽修 ‖

◎ 本文錄自《歐陽文忠公全集》卷一百四十九。
◎ 歐陽修，見頁四八注。
◎ 梅聖俞，見頁六八注。

念樓讀

連日陰雨，不知貴體如何？

北邊有人送來一些「達頭魚」，乃是一種海魚，我原來不曾聽說過的，嚐嚐味道還可以，便分送一點給你，充當大菜可能不夠一餐，只是請嚐嚐新罷了。

天晴以後，書局再見。

念樓曰

梅聖俞《宛陵先生文集》卷二十二中有《北州人有致達頭魚於永叔者，素未聞其名，蓋海魚也，分以為遺，聊知異物耳，因感而成詠》一首云：

孰云北河魚，乃與東溟異。適聞達頭乾，偶得書尾寄。

枯鱗冒輕雪，登俎為厚味。向來昧知名，漁官疑竊位。

有如臧文仲，不與柳下惠。從茲入杯盤，應莫慚鮑肆。

歐陽修集中也有詩《奉答聖俞達頭魚之作》，開頭四句是：

吾聞海之大，物類無窮極。蟲蝦淺水間，嬴蜆如山積。

末八句是：

嗟彼達頭微，偶傳到京國。乾枯少滋味，治洗費炮炙。

聊茲知異物，豈足薦佳客。一旦辱君詩，虛名從此得。

「達頭魚」這種海魚，現在好像沒聽到誰提起了，大概是給牠改名字了吧。從古至今，編注歐公詩文集者很多，卻沒見誰認真考究一下「達頭魚」，注明牠的形態、產地和異名。

謝贈酒裘

學其短

［答張太史］

僕領賜至矣。晨雪，酒與裘，對證藥也。
酒無破肚臟，罄當歸甕。羔半臂，非褐夫
所常服，寒退，擬曬以歸。西興腳子云：
「風在戴老爺家過夏，在我家過冬。」一笑。

‖ 徐渭 ‖

◎ 本文錄自施蟄存《晚明二十家小品》卷一。
◎ 徐渭，字文長，明山陰（今紹興）人。
◎ 張太史，名元汴，字子藎，號陽和，與徐渭為紹興同鄉。

念樓讀

我受您的恩賜已經夠多的了。今日下雪，您又送來酒和皮衣，正是時候。酒一次喝不了，又無器物可以貯存，我只好將酒器一同留下，待喝完後送回。羔皮背心不是「布衣」能夠常穿的，寒冬過後，亦當曬過奉還。

杭州對岸西興碼頭上的腳夫常說：「風在老爺家過熱天，在我家過冷天。」皮衣之於我，看來情形亦是如此，哈哈！

念樓曰

張元汴狀元及第，成了翰林院修撰，後來又升為侍讀，故稱「太史」。他好讀書，多著述，能惜才愛才。《明史·文苑傳》云：

（徐渭）擊殺繼妻，論死繫獄，里人張元汴力救得免，乃遊金陵，抵宣遼，……入京師，主元汴。元汴導以禮法，渭不能從，久之，怒而去。後元汴卒，（渭）白衣往弔，撫棺痛哭，不告姓名去。

「主元汴」，即是做客住在元汴家，所以元汴才給他送酒與裘。

但徐渭仍然一怒而去了。他窮雖窮，脾氣還是挺大的。不過張元汴的好他不是不記得，於是「白衣往弔，撫棺痛哭」，生死見交情。

這封短信寫得十分俏皮，引用了「西興腳子」的話。碼頭上從事搬運的「腳子」，夏天在驕陽下羨慕老爺們坐在水閣涼亭裏吹風，冬天在北風中羨慕老爺們穿着皮袍子烤火，於是用這句笑話自嘲，苦笑中隱藏着無奈。

徐文長一代奇才，卻「不得志於時」，得靠張太史贈酒贈裘。以此自嘲，更可哀矣。

兩件棉衣

學其短

[與三好安宅]

奉上粗布棉衣二件，聊以禦寒而已。以足
下狷潔，不敢以細帛污清節也。諸面談，
不一。

‖ 朱之瑜 ‖

◎ 本文錄自中華書局版《朱舜水集》。
◎ 朱之瑜，號舜水，明餘姚（今屬浙江）人，明亡後流亡日本。
◎ 三好安宅，朱之瑜在日本的友人。

念樓讀

送上粗布棉衣兩件，聊供禦寒。知道你的脾氣，不敢用綢緞之類做面料。務請先收下，有話見面時再說。

念樓曰

朱舜水現在少有人提起了，其實他倒真是個不屈的遺民，明亡後據舟山抗清；失敗後，亡命越南、暹羅、日本等地，力圖復國，多次潛回內地進行活動，知事不成，才留居日本以終老。

舜水只是一「諸生」，但學問文章都不錯，居日二十餘年，講學、著作不輟，對日本漢學有相當大的影響，所以他又是中日文化交流史上的一個相當重要的人。他在日本靠講學維生（事實上是水戶侯在供養他），卻還有力量幫助像三好安宅這樣的日本學者。可見他的境況，比起身處海外的「民運人士」來，大約還要寬裕些，這也是蠻有意思的一件事。

舜水能留在日本是很不容易的。他曾說過：

日本禁留唐人已四十年……乃安東省庵苦苦懇留，轉展央人，故留駐在此，是特為我一人開此屬禁也。

前有朱舜水，後有梁啟超、孫中山諸人，再後又有茅盾、郭沫若一輩。中國政治流亡者在國外的歷史，包括他們當時留下的文字，收集起來，加以研究，似乎亦有價值，不過現在大概還不是時候。

謝 贈 蘭

學其短

［與王獻叔］

蕙何多英也，謝。

‖ 沈守正 ‖

◎ 本文錄自周亮工《尺牘新鈔》卷四。

◎ 沈守正，字無回，明武林（今杭州）人。

◎ 王獻叔，不詳。

念樓讀

送來的蘭花，開得多麼漂亮啊，真要謝謝你啦！

念樓曰

這封信只有六個字，要算是最短的了。

開始學做文章，總是怕做不長。有笑話說，某人參加「小考」，規定文章要上三百字，結果他寫不出來，交了白卷。回到家裏，妻子問他：「一天到晚只見你抱着書在讀，書上頭盡是字，難道你肚子裏頭連三百個字都沒有？」

他哭喪着臉回答道：「肚裏的字倒不止三百個，只是我無論如何也沒辦法把它們串起來啊！」

辛辛苦苦學會了把字串起來以後，又總是「下筆不能自休」，一寫便寫得很長很長。其實值得寫，應該寫，非得寫的東西，哪裏會有那麼多。

明明一句話可以說明白的，偏要說上好幾句，十幾句，豈不是給自己和別人添麻煩？這封回信如果換一個人來寫，真不知又要浪費多少筆墨。

契訶夫說過，「寫作的技巧，就是刪掉一切多餘字句的技巧」，並且談到他在一本小學生練習簿上看到的對大海的描寫，只有兩個字：

海，大。

他以為，描寫海是很難的，這兩個字，形容得最好。

謝贈墨

學其短

[與陳伯璣]

求墨於足下者，眾矣，而獨以贈予，此不可解也。或曰：「伯璣之嗜予，猶予之嗜墨也。」此語可為吾兩人寫照。敢持以獻，聊當報瓊。

‖宋祖謙‖

◎ 本文錄自周亮工《尺牘新鈔》卷一。
◎ 宋祖謙，字去損，明末清初莆田（今屬福建）人。
◎ 陳伯璣，名允衡，清初建昌（今江西永修）人。

念樓讀

向你討要墨的人極多，你卻單單給了我，講老實話，這是我原來完全沒有想到的。

有人對我說：「陳君看重你，就像你看重墨啊。」看來事實確是如此。

那麼，就請讓我將他的這句話，拿來作為對你的答謝吧。

念樓曰

文房之物，文人也有拿來互相饋贈的。紙和筆屬於易耗品，不很宜相贈；硯普通的太便宜，除非是古董；比較適合作禮品的，便只有墨了。

用來饋贈的，當然不會是普通的墨。要麼就是古墨，要麼就是自製的或者別人為自己專門定製的墨，這些自然都得加上齋名題記。《風雨談・買墨小記》談到的「曲園先生著書之墨」「墨緣堂書畫墨」等，便可以作為例子。還有一種上有題字如：

故鄉親友勞相憶，丸作隃糜當尺鱗。

仲儀所貽，蒼珮室製。

更一看便知道是專門製來送人的了。

陳君「獨以贈」宋祖謙的墨是甚麼樣子，現在已不得而知了。當時求墨於他者「眾矣」，可見其名聲相當大，想必不止一錠兩錠，應當也是專製的墨。文人像蘇東坡那樣親自動手的可不多，一般都是自定款式、題詞，交給蒼珮室之類專門製墨的地方去做。

筍 和 茶

學其短

［與康小范］

筍茶奉敬。素交淡泊，所能與有道共者，
草木之味耳。

‖ 胡介 ‖

◎ 本文錄自周亮工《尺牘新鈔》卷五。
◎ 胡介，字彥遠，號旅堂，清錢塘（今杭州）人。
◎ 康小范，名范生，清安福（今屬江西）人。

念樓讀

送上些筍乾和茶葉，實在不成敬意。好在我們本是村夫野老的交情，分享這些山鄉土產還是合適的。

念樓曰

茶樹屬山茶科，是灌木或小喬木；竹子屬禾本科，則是草類了。茶樹原產中國，竹子也主要產於中國，中國人實在是吃筍和茶的老祖宗，如今倒要向日本人學甚麼「茶道」，說起來真丟人。

在吃筍上中國人卻始終保持了特殊的地位，不僅歷史悠久，可以舉《詩·大雅》「其蔌（蔬菜）維何？維筍及蒲」做證明，而且吃法多種多樣。美食家李笠翁論植物類食物之美，曰清，曰潔，曰芳馥，曰鬆脆，曰鮮。竹筍在這五個方面都能得高分，故笠翁評之曰：

此蔬食中第一品也，肥羊嫩豕，何足比肩？但將筍肉齊烹，合盛一簋，人止食筍而遺肉，則肉為魚而筍為熊掌可知矣。……《本草》中所載諸食物，益人者不盡可口，可口者未必益人，求能兩擅其長者，莫過於此。

竹筍最好是吃「山中之旋掘者」，但乾製若能得法，也很不錯。袁子才《隨園食單·小菜單》，開頭所列筍脯、天目筍、玉蘭片、素火腿、宣城筍尖、人參筍六種，便全是筍乾。這和茶葉一道送給康小范的，我想也可能是筍乾，不大可能是「山中旋掘者」。那是「惟山僧野老躬治園圃得以有之」的滋味，即使名士高人，在城市中也難得領略到。

故 鄉 的 酒

⬤學其短

［與黃濟叔］

故鄉酒，奉一壺。同濟叔隔牆泛蒲，亦是
我兩人一端午，亦當我兩人一還家也。趁
熱急飲。

‖周圻‖

◎ 本文錄自周亮工《尺牘新鈔》卷十二。
◎ 周圻，字百安，清撫州（今江西臨川）人。
◎ 黃濟叔，名經，號山松，清如皋（今屬江蘇）人。

念樓讀

故鄉的酒，給你送上一壺。今天是五月初五，隔牆同飲菖蒲酒，就算一同過了端陽節，也算是你和我結伴回了一趟老家吧。

趁着熱，趕快喝啊！

念樓曰

節日是傳統風俗習慣藉以保存下來的一塊「根據地」。四時八節，除了過「年」（春節），重要的便是端午和中秋了。

過端午的活動，現存記載最早的，當然是吃粽子和賽龍舟，掛艾葉、菖蒲也可以算一宗，從宋朝起就有人把端午節叫作菖蒲節，但飲菖蒲酒的習慣似乎早已消失，過節時最多買一把菖蒲葉掛在門上，應應景。

此信中所說的「泛蒲」，便是飲菖蒲酒。「泛」的意思是飲完酒後把酒杯倒翻過來扣在桌上，表示乾了杯。但請黃濟叔「趁熱急飲」的一壺裏，究竟浸沒浸菖蒲葉或菖蒲根，我仍不免存疑。菖蒲葉大家都見過，那麼長而光滑的東西，怎麼好浸入酒罈，也難浸出甚麼味來。而菖蒲根則非常苦，亦非城市中人所易得。小時五月五日吃雄黃酒，其實也沒人真用酒吞服雄黃（雄黃亦不溶於酒），不過在酒杯中調點雄黃粉，用指頭蘸起給小孩額上畫三橫一豎。

謝 送 花

學其短

[答韻仙]

因人天氣，無可為懷。忽報鴻來，餉我玫
瑰萬片，供養齋頭，魂夢都醉。因沽酒一
罎浸之，餘則囊之耳枕。非曰處置得宜，
所以見寢食不忘也。

‖ 朱蔭培 ‖

◎ 本文轉錄自周作人《關於尺牘》。
◎ 朱蔭培，字熙芝，清無錫人，有《芸香閣尺一書》。

念樓讀

天氣真使人沒勁，你的信卻帶來了一股生氣。那麼多玫瑰花，使我的全身心和整個書房都充滿了色香和快樂。

我愛這玫瑰，希望它能長在。於是買來一罈好酒，將花朵浸泡其中，不時喝上一小口，品味它的色和香；又將零散的花瓣裝入枕囊，讓它伴隨我入夢。——於是我和它永不分離了。

念樓曰

周作人《瓜豆集·關於尺牘》引《芸香閣尺一書》中《復李松石》中論岳飛，《致顧仲懿》中論郭巨埋兒事，謂：

> 對於這兩座忠孝的偶像敢有批評，總之是頗有膽力的，即此一點就很可取。……文雖未免稍纖巧（因為是答校書的緣故吧？）卻也還不俗惡，在《秋水軒》中亦少見此種文字。不佞論文無鄉曲之見，不敢說尺牘是我們紹興的好也。

韻仙是一位「校書」即高級妓女。現在的妓女，還有沒有跟客人做文字交流，互相送花的呢？但韻仙能以「玫瑰萬片」餉人。從回信看，芸香閣（即朱熙芝）對待她，也像如今的人對待自己的女朋友，不大像「嫖小姐」。

社會史上的這種現象，需要做一種文化上的解釋。如今的人去找妓女，只是為了解決性的需要，妓女也被正名為「性工作者」了。而古時本階級的男女沒有社交的自由，戀愛對象只能到妓女中去找。辜鴻銘說得好：「中國人的狎妓，有如西洋人的戀愛；中國人的娶婦，則如西洋人的宿娼。」在朱熙芝的時代，情形的確是這樣。

傾訴的短信十一篇

不失自我

學其短

[與所親書]

近者涉道，晝夜接賓，不得寧息。人自敬
丞相長史，男子張君嗣附之，疲倦欲死。

‖張裔‖

◎ 本文錄自《全三國文》卷六十一。
◎ 張裔，字君嗣，三國時成都人。

念樓讀

此次北上去見丞相，一路忙於應酬，日夜得不到半點休息。

人們熱烈奉迎丞相府長史官，我張君嗣頂着這個頭銜，卻累得要死，簡直苦不堪言，煩着哪！

念樓曰

張裔原為巴郡太守，諸葛亮先是提拔他為益州治中從事，後來出師北伐，又任他為留（丞相）府長史。《三國志》蜀書卷十一云：某年張裔「北詣亮諮事，送者數百，車乘盈路。裔還，書與所親曰……」，就是這封有名的信。

如果說諸葛亮是蜀國的總理，那麼張裔（君嗣）便是國務院祕書長。祕書長去見總理，商量軍國大事，誰不想趁此獻一獻殷勤，探一探口風呢？於是張氏不能不被熱烈迎送的人弄得「疲倦欲死」，只好向「所親」訴苦。

祕書長是大官，當祕書長的張君嗣卻同別人一樣是個普通的「男子」。有些當大官的，卻往往只記得自己是個大官，忘記了自己也是個普通的人，沉湎於應酬，忘記了疲倦，於是縱情享受，甚至腐化貪污，把人的尊嚴和責任都忘記得一乾二淨。「男子張君嗣」卻心知肚明，歡迎歡送，恭維奉承，這些都是衝着「丞相長史」來的，自己不過是躬逢其勝，趕上了這一趟。

富貴中人，很容易忘乎所以。「男子張君嗣」能夠對爭先恐後來敬丞相府長史的人覺得煩，可算是不失自我的了。

刀 與 繩

學其短

[與楊彥明書]

吾為齊王主簿，恆慮禍及，見刀與繩，每
欲自殺，但人不知耳。

‖ 顧榮 ‖

◎ 本文錄自《全晉文》卷九十五。
◎ 顧榮，字彥先，晉吳郡（今蘇州）人。
◎ 楊彥明，未詳。
◎ 齊王，司馬冏，晉室「八王之亂」的八王之一，後為長沙王
　 司馬乂所殺。

念樓讀

我在齊王府裏做官，知道齊王有野心，時刻擔心這會給我帶來殺身之禍。見了刀子和繩子，甚至連死的心都有，覺得還不如早點尋死的好，死了就擺脫了，不過旁人未必知道我這種心情。

念樓曰

顧榮是吳丞相顧雍之孫，後與陸機兄弟同時歸晉，時稱三俊，算是士大夫中的上層人物。他生逢亂世，很會保身。趙王倫得勢時，他當大將軍長史，多所保全。有次他——

與同僚宴飲，見執炙者貌狀不凡，有欲炙之色。榮割炙啗之，坐者問其故。榮曰：「豈有終日執之者而不知其味者乎？」及倫敗，榮被執將誅，而執炙者為督率，遂救之，得免。

後來顧榮又被齊王冏弄去當了大將軍長史，他卻不願充當齊王的工具，知道這會帶來奇禍。

這封信充分流露出顧榮「恆慮禍及」的憂慮之情，也可以說是他為齊王政爭失敗、自己脫身埋下的伏筆。

當然顧榮並未自殺，他找到了一個苟全性命的法子，就是每天「縱飲偽醉」，儘量使自己「邊緣化」，不挨王爺「核心」的邊。後來「八王之亂」七個王被殺，齊王亦在其中，而顧榮又一次倖免於難。

古時讀書人必做官，除非像陶淵明那樣不怕貧窮吃苦，但這個官有時實在難做，甚至還得帶上準備自殺的刀與繩。

一口氣

● 學其短

[答寇子惇]

放逐後，流連聲伎，不復拘檢，垂二十年。人苦不自知，僕既自知之，而又自忘之，此則深惑爾矣。有醜婦被黜者，借鄰女之飾，更往謂夫曰：「曩以不修，子故棄妾。今修矣，子何辭焉？」其夫拒趑而出。其姊尤之曰：「一出已羞，更復何求？」其言雖鄙，可以理喻，惟萬萬念之。

‖ 康海 ‖

◎ 本文錄自葉楚傖《歷代名人短箋》。
◎ 康海，字德涵，號對山，明武功（今屬陝西）人。
◎ 寇子惇，名天敍，明榆次（今屬山西）人。

念樓讀

被趕出官場後，我便乾脆放任自己，在歌場舞榭裏玩了差不多二十年。人怕就怕沒有自知之明，現在已經明白了自己不堪使用，如果還要去獻媚爭寵，豈不是更加不堪了？

有個醜女人被男人一腳踢開後，從鄰居那裏借來幾件首飾戴上，又去找到男人說：「原來我不會打扮，你不要我；如今我會打扮了，你總會要我了吧？」結果又被一腳踢開了。她的姐姐便罵她道：「被趕出一回就夠沒臉了，還要去找第二回的羞辱麼？」

這話雖然難聽，但是也有道理，不是嗎？

念樓曰

康對山被趕出官場，說來也夠冤枉的。他本是弘治朝的狀元公，學問文章和官聲都不錯的。劉瑾擅權時，有意拉攏他，多次請他上門去，他也沒去。後來李夢陽被劉瑾一黨關了起來，從牢獄中寫了張紙條給他：「對山救我。」為了朋友，他只好去找劉瑾，第二天李夢陽便出了獄。就為了這件事，劉瑾倒台後，他也「坐瑾黨落職」了。

康氏所說醜婦人的故事，意味很是深長。在專制制度下做事，受冤枉總是難免的；受了冤枉，亦無法報復，一口氣只能嚥在自己肚子裏。但總還要有這口氣在，王國維所謂「義無再辱」是也。

夢 想

學其短

［與友人］

僕平生無深好，每見竹樹臨流，小窗掩
映，便欲卜居其下。

‖莫是龍‖

◎ 本文錄自周亮工《尺牘新鈔》卷二。
◎ 莫是龍，見頁七八注。

● 念樓讀

告訴你吧,在生活上,我並沒有特別的嗜好,也沒有過高的要求;只是每每見到流水邊叢生着竹子和樹木,竹樹中露出一扇小小的窗戶,便很想住到這扇窗戶後面去。

● 念樓曰

莫是龍是一位畫家,「竹樹臨流,小窗掩映」的描寫,富有畫意,很美。

人的日常生活,常被概括為「衣食住行」四個字。在這四個字中,「食」總被排在第一位,其實「住」恐怕更重要些。每天十二個時辰,總有一半以上「住」在自己的屋子裏;如果能住在「竹樹臨流,小窗掩映」的環境裏,當然好。

但這樣的環境,不是想有就能有的,只有在夢想中它才可以隨時浮現出來。於是,生活也就容易一些,並且有趣味一些了。

夢想是一個好東西啊,它使人生變得溫馨,變得美好。

我也有過自己的夢想。解放前,夢想過「山那邊」的「好地方」;三年困難時期拉板車的時候,夢想過滿桌子的大魚大肉;如今年已「望八」,便夢想着古希臘哲人說的「往者原」:

在那裏沒有雪,沒有風暴,也沒有煩惱人的別的事情,死後的人們可以在那裏開懷暢飲⋯⋯

如果那裏也有「竹樹臨流,小窗掩映」,住在窗內又沒人來叫去開會聽報告,那就真的太好了。

不要臉

[答朱子強]

譽言匪楮，何寵之深也。弟年紀寢大，尚持
數行文字，從少妙輩問妍媸於不必知己之
人。此正如老女嫁國奢，言不辱者，強顏爾。

|| 陳孝逸 ||

◎ 本文錄自周亮工《尺牘新鈔》卷三。
◎ 陳孝逸，字少游，別號痴山，明臨川（今屬江西）人。
◎ 朱子強，未詳。

念樓讀

來信全是讚譽我的好話，真是過於抬舉了。

其實我是根本不值得抬舉的。一大把年紀了，還要拿着幾篇文章，跟着一班年輕人，老着臉皮去請不一定了解你，更不一定尊重你的人來評論好壞；這就像老姑娘嫁給奶媽的丈夫做填房，還有甚麼光彩，有甚麼可以炫耀的啊。

念樓曰

這封短信，訴說的是文人的無奈和屈辱。

古代社會是官本位的，學文也是為了做官，做了官才能有一切。若不能做官，則一切都沒有。要想「持數行文字」謀求生活待遇，則不僅難得買主，臉色也夠瞧的。

就是在今天，以文字被人僱傭，供人使用，勢必要由「不必知己」的人來審定，叫你改就要改，也是十分恥辱的事情。

唐朝稱乳母的丈夫為阿𡢃，乃是賤稱。竇懷恩做了皇帝乳母的丈夫，自稱國𡢃，傳為笑柄。賣文維生，等於去跟竇懷恩這樣的皇室家奴當二奶，那就成奴下奴了。

最近偶然見到一本「學術著作」，作者在後記中大講本書得到了省委宣傳部某部長的賞識，又承省新聞出版局某局長關照，才得以出版。「此正如老女嫁國𡢃」，不是甚麼光彩的事，作者卻不知羞恥，反而得意揚揚，真是不要臉。使陳痴山見之，更不知會如何想，如何寫。

相知就好

學其短

[與吳來之]

盈盈一水，相隔不遙，而以所居僻陋，鴻
便甚稀，久不獲佈一語於左右。然弟生平
廓落迂疏，當其不言，胸中未嘗有不可言
之言。及其既同而言，亦無以加於未有言
之初。此雖與吾兄交甚淺，而亦有以知其
深耳。

‖ 卓人月 ‖

◎ 本文錄自周亮工《尺牘新鈔》卷四。
◎ 卓人月，字珂月，浙江塘棲（今杭州）人。
◎ 吳來之，不詳。

念樓讀

只隔一道河水，距離實在不遠。只怪得我的住處偏僻，聯繫不便，很少和你通信，也就沒有機會詳談，實在抱歉得很。

但是，依照我粗疏的性格，沒談不等於不願談，更不等於不可談。

就是聯繫了、談了，認識和態度，也不會跟沒有聯繫沒有交談時有多大的區別。這是因為，你我二人的交情雖淺，我對你的了解卻早就不淺，不但不淺，實在還相當的深哪。

念樓曰

古時朋友為「五倫」之一，排在最末了，倒更加值得珍重。君臣、父子、兄弟關係，都是不可選擇的，尤其是君父，生下來就坐在你頭頂上，擁有無限的權利，剩給你的只有一大堆義務。做夫婦本該是自由選擇的結果，這自由也被取消，結果往往都成了怨偶。只有朋友，總還得兩相情願才做得成，所以比較起來更為難得。

朋友難得，最難得者則在相知。唯有相知，才能有交流。這種交流本應該是不帶功利的，否則便不是交流，而是交易了。

卓人月與吳君來往甚稀，相知卻不淺，是能知交友之道者。

常說「君子之交淡如水」，能相知就好。不香無味的水，其實正是生命所需的。多加糖油，反會膩味。

吃慣了苦

學**其短**

[與洪戴之]

弟以老生落第，最是人間苦諦。然堇蟲
習堇，翻不覺苦。年年被放，只是春闈花
墮，秋深葉隕耳。

| 卓發之 |

◎ 本文錄自周亮工《尺牘新鈔》卷四。
◎ 卓發之，字天星，號左車，明錢塘（今杭州）人。
◎ 洪戴之，名吉臣，明仁和（今屬杭州）人。

念樓讀

考試把人都考老了，這次又未能僥倖，真是苦也。但我就像苦菜上的蟲，吃慣了苦味，反而不覺其苦。回回落榜，只當作春殘花謝，秋深葉落，乃是應有的一幕了。

念樓曰

這又是一個訴苦的。他說「菫蟲習菫，翻不覺苦」，既是旮旯裏吊頸——自寬自解，也是無可奈何中的一種自嘲。其實卓君雖然科場不利，早已成為「有意出新，獨闢生面」的詩人，「年年被放」，還年年要去，也是在自討苦吃。

曾國藩把考試說成是「國家之功令，士子之職業」，情形確實如此。在科舉時代，讀書就是為了應考。連科皆捷的少年鼎甲只能是極少數，許多人的一生精力都消耗在考試當中了。《儒林外史》裏的周進哭棚、范進中舉，戲劇舞台上的《祭頭巾》，寫的便是這類悲喜劇。

這樣，中國便成了公認的「考試大國」。

歷史上的「考試大國」現在怎麼樣呢？各級升學考試姑且不說，只拿形形色色的「成人考試」「自學考試」「普法考試」……來說，就數也數不清，苦菜葉子真是吃都吃不完啊。據說俞理初臨終前有言：

此去無所苦，但怕重抱書包上學堂耳。

看似滑稽，其實卻是比苦菜還要苦的一句話。

難忘的月光

℥ **學其短**

[與宋比玉]

夜來月色映空庭如積水，令人至不敢蹈。
弟通夕為之不寐，俄而雞鳴鐘動，悵然
久之。

‖ 黃虞龍 ‖

◎ 本文錄自周亮工《尺牘新鈔》卷七。
◎ 黃虞龍，字俞言，明晉江（今屬福建）人。
◎ 宋比玉，名鈺，明莆田（今屬福建）人。

念樓讀

　　夜裏，月光傾瀉在院中空地上。地面彷彿成了水面，走近時幾乎不敢將腳踏上去。

　　上牀以後，大好的月光，竟使我通晚不能入睡。似乎沒過多久，晨雞便開始啼叫，遠處的曉鐘也敲響了⋯⋯

念樓曰

　　大好月色不是常有的東西，所以人們對它的感覺也不尋常，而且總是偏於清冷。陰晴圓缺的變化，又容易使人聯想到悲歡離合上去。望着月光睡不着覺的經歷，在鄉下住過的讀書人多少總有過幾回。我在「文革」中被長久拘禁，曾寫過一首五古，也是被月光照得「通夕為之不寐」時寫的，開頭四句是：

　　明月照鐵窗，鐵柵映月色。不知我妻兒，可望今宵月？

最後四句則是：

　　地球轉不停，月落一時黑。摸索起披衣，坐等東方白。

　　月光在我記憶中留下深刻印象的還有幾回，從近往遠說，一回是夜宿峨嵋金頂，原為看日出，卻看到了好月光，它投射在後山絕壁上的景象，竟使得穿棉大衣的我戰慄不已。一回是十六歲時，初次為情所苦，半夜起來爬到嶽麓山頂上，滿山都沉浸在凄涼的月光中，自己的心也凄涼透了。一回是才下鄉就走兵，七八歲的我跟着大人高一腳低一腳，月光照着的水田比泥土地更白，糊里糊塗地「蹈」上去，鞋襪全弄濕了。

孤臣孽子

學其短

［寄黃石齋］

翁兄去後，時事不可言矣。今日既非前
日，恐明年又非復今年。此堂非燕雀可
處，急欲圖歸，奈滿堂皆互向人，主上孤
立無依，不忍恝然去國。明知伴食無補，
然恐一旦有事，求一伴食者亦不可得耳。
言之潸然。

|| 范景文 ||

◎ 本文錄自葉楚傖《歷代名人短箋》。
◎ 范景文，字夢章，明末吳橋（今屬河北）人。
◎ 黃石齋，名道周，明末漳浦（今屬福建）人。

● 念樓讀

翁兄離職之後，大局更加無望了。今日已大不如前日，看來明年還會不如今年。大廈將傾，麻雀燕子還能守得住自己的窩巢嗎？

我本想棄職回家，見滿朝文武，還在為私人和宗派的利益互相傾軋，無一人公忠為國，皇上真正成了孤家寡人，又不忍捨棄他決然離去。

明知自己雖然佔有名義，其實不過是一名「伴食中書」，有我不多，無我亦不會少；但若是一旦發生變故，皇上要找個「伴食」的人也找不到了，那又怎麼辦呢？

● 念樓曰

寫信向朋友訴說的，大都是個人的內心感受，還有個人生活中的事情。范景文寫給黃道周的這封信，卻是一位當朝高官，在國難當頭時，表白他的一片孤臣孽子之心。

在明崇禎朝，范、黃二人都曾因直言極諫，被削籍為民。後來黃道周被「戍逐」到外地去了，范景文則於崇禎十五年（一六四二）又被重新起用，此信便是在這時寫的。信中說的「翁兄」不知是誰，也許是翁正春，但正春在天啟時即因反魏忠賢「乞歸」了，時間早了些。

明朝的統治，到崇禎後期，已經無法不亡了。文武百官在平日高談忠節，到頭來賣主求榮，或起義（附闖）或投誠（降清）。只有范景文在闖王進京後投井自殺，實踐了為崇禎「伴食」的諾言。

他 得 先 來

學其短

[答因樹屋主人]

乃公處，經不可以先往。經在難，故人固
當先經耳。

‖ 黃經 ‖

◎ 本文錄自周亮工《尺牘新鈔》卷二。
◎ 因樹屋主人，即周亮工。周亮工，號櫟園，明清之際河南祥
　符（今開封）人。

念樓讀

　　大人物那裏，我是不會先去的。我現在這種情況，正在困難之中，如果是朋友，他就得先來看我啊。

念樓曰

　　文人不得志，則處於弱勢。扶強不扶弱，本是人類的通病。但居於弱勢者，再弱也不能弱了自己的志氣，在強勢者面前，更不能因己弱而自卑，因彼強而「伏軟」。人勢有強弱，人格卻不能分貴賤。弱者能堅持自己的尊嚴，人格也就高貴了。

　　這封信能打動人的，就是作者的人格。

　　人格者，做人必有之「格」也。從信中看得出，作者正「在難」，也就是在困難之中。越是這樣，就越要保持自己的人格，如上面所說的。

　　英國作家毛姆《在中國屏風上》中寫到，他訪問中國時，寫信約辜鴻銘見面交談。辜鴻銘卻不肯去，說毛姆希望和他見面，就應當前來看他。

　　這封信的作者亦是如此。這並不是驕傲，而是為了保持自己的人格，故不能招之即去。

　　黃經即黃濟叔，經是他的名，濟叔是他的字。因樹屋主人則是周亮工的別號。書信中自稱用名，稱對方和別人則只能用字或別號，這是過去的規矩。

妻死傷心

學其短

[寄鄒論園]

僕歸里後，內子已自病危，乃不數日間，遽然化去。以數十年同艱共苦者，而目中忽無此人，覺蒙楚一詩，字字皆為我輩畫出淚痕。方知此種傷心，固自同於千古，特僕不幸適然觀之，慘慘何已。

‖ 吳錫麒 ‖

◎ 本文錄自葉楚傖《歷代名人短箋》。
◎ 吳錫麒，見頁五八注。
◎ 鄒論園，未詳。

念樓讀

我回鄉時，妻子病已瀕危，沒有幾日，便故去了。

幾十年同艱共苦的人，就這樣突然從眼前消失；《葛生》詩中那些悲哀的句子，真像是為哭泣傷心的我而寫的。

現在才知道，和順夫妻一死一生，乃是人生最大的不幸，千古皆然，偏偏讓我碰上了，這痛苦怎麼承受得起。

念樓曰

和順的夫妻，尤其是「數十年同艱共苦者」，先死去了一個，那另一個「目中忽無此人」，當然會十分痛苦。這種痛苦，本人當時是無法以語言文字表達的，因為語言文字無此力量，人亦無此力量。——但終究總不會沒有一點流露，於是便有了潘岳的《悼亡詩》，元稹的《遣悲懷》，有了蘇軾的「十年生死兩茫茫」，有了歸有光《項脊軒志》最末那使人讀後久不能忘的一段。吳錫麒這封短信，還有他提到的「蒙楚一詩」即《詩經·唐風·葛生》，也都是此種傾訴：

> 葛生蒙楚，蘞蔓於野。予美亡此，誰與獨處。

可以讀作：

> 葛藤遮住了灌木叢啊，瓜蔓爬到了荒丘野外。
>
> 只剩下孤單的我一人，屋裏的人啊已經不在。

這和下面四章一樣都是悼亡詩，女悼男、男悼女都一樣。鄭箋云「刺晉獻公也」，釋作「夫從征役，妻居家而怨思」，未免太牽強了一點。

文友的短信十一篇

小巫見大巫

學其短

［答張紘書］

自僕在河北，與天下隔。此間率少於文章，易為雄伯，故使僕受此過差之譚，非其實也。今景興在此，足下與子布在彼，所謂小巫見大巫，神氣盡矣。

‖ 陳琳 ‖

◎ 本文錄自《全後漢文》卷九十二。
◎ 陳琳，字孔璋，後漢廣陵（今屬江蘇）人。
◎ 張紘，字子綱，後漢廣陵（今屬江蘇）人。
◎ 景興，姓王名朗，三國東海（今屬山東）人。
◎ 子布，姓張名昭，三國彭城（今徐州）人。

念樓讀

我到河北來後，與外間隔絕。這裏文化落後，寫文章的人少，山中無老虎，猴子自然容易出名。所以對我的吹噓，請不必信以為真。

現在這裏又來了一位王朗先生，在東吳則有您和張昭先生，都是文章高手。我同列位一比，就好像小道士在水陸道場上遇到了老道長，還敢出甚麼風頭呢？

念樓曰

陳琳為「建安七子」之一，本有文名，倒不一定是在河北地方吹起來的。說做文章，他比王朗、兩張，實在不能說是小巫見大巫，這裏不過是在講客氣話。

小巫見大巫的比喻很新奇，增加了這封信的神氣。陳琳說他的文章「神氣盡矣」，其實大大不然。他在河北為袁紹草檄文罵曹操，罵得曹操大汗直流，頭痛的老毛病都「好」了，可以為證。

陳琳靠着一支會寫文章的筆桿子，先幫何進，後幫袁紹，袁紹敗了，又幫曹操做記室（祕書）。曹操不愧為英雄，還笑問陳：「你罵人為甚麼罵得那樣狠？」陳答道：「我的文章就像一支箭，誰的弓弦拉起來搭上了它，它就『不得不發』啊！」

這句話說盡了為主子服務的文人的本領，也說盡了他們的無奈。箭雖銛利，控弦者才是主人。

哀樂由人

學其短

［獻詩啟］

某啟：某苦心為詩，惟求高絕，不務奇麗，不涉習俗，不今不古，處於中間。既無其才，徒有其意，篇成在紙，多自焚之。今謹錄一百五十篇，編為一軸，封留獻上。握風捕影，鑄木鏤冰，敢求恩知，但希鐫琢。冒黷尊重，下情無任惶懼。謹啟。

‖ 杜牧 ‖

◎ 本文錄自《全唐文》卷七百五十二。
◎ 杜牧，字牧之，唐京兆萬年（今西安）人。

●念樓讀

我作詩的理想很高，也很用心。並不追求形式的華麗，不跟隨流俗的喜好；既不盲目師古，也不標榜新潮。雖然沒有偉大詩人的才力，卻也和他們一樣不甘心平庸。寫出來的詩，如果自己不滿意，便毫不顧惜地將其扯碎燒掉。

這次錄出一百五十首送上，希望您能夠喜歡。雖然這可能只是一種單方面的痴心妄想，有如水中捉影、冰上琢花，卻確實是我真誠的期待。

●念樓曰

少時讀新詩，詩集有題詞獻給自己愛人的，杜牧卻是獻給朝中的大官（當然是懂得詩可稱文友的大官）。他還有篇《授司勛員外郎謝宰相書》，話說得更加謙卑，更加可憐：

相公拔自污泥，升於霄漢。……當受震駭，神魂飛揚，撫己自驚，喜過成泣。藥肉白骨，香返遊魂；言於重恩，無以過此。

其實司勛員外郎只是吏部所屬司員，杜牧原為睦州刺史，品級不比員外郎低，不過從外任調回了朝中，便值得如此感恩，難道此《獻詩啟》也是獻給這位宰相的嗎？

唐人向大官呈獻自己的作品，差不多是進身和升遷的必由之階。有的巴結得太過分，像韓愈的《後十九日復上宰相書》和《與于襄陽書》，簡直肉麻得讀不下去。文人無法獨立，只能哀樂由人，有才如杜司勛亦不能免，真是可憐。

難得灑脫

［與石曼卿］

某再拜：去冬以攜家之計，駐贏東郊。
朋來相歡，積飲傷肺，賴此閒處，可以偃
息。書問盈几，修答蓋稀。足下亦復懶
發，絕無惠問。非求存慰，欲知起居之好
爾。近詩一軸，寄於足下與滕正言。達於
諸公，必笑我也。

‖ 范仲淹 ‖

◎ 本文錄自葉楚傖《歷代名人短箋》。
◎ 范仲淹，字希文，北宋吳縣（今蘇州）人。
◎ 石曼卿，名延年，北宋宋城（今商丘南）人。
◎ 滕正言，即滕子京（宗諒），北宋洛陽人。

念樓讀

去年冬天，我一家人趕着騾子，帶上行李，住到此地東門外來了。朋友們見面時高興，多喝了點酒，病了好些天，趁此休息了些時候。一休息下來，人便懶散了，許多來信堆在桌上都沒有回覆。

老兄也和我一樣，懶得連信都不想寫了，這樣似乎也不太好。雖說朋友相交不必太熱絡，彼此知道些近況大概也還是必要的。

今將近作一束寄請吾兄和縢兄過目。如果讓別的大人先生們見到，那就貽笑大方了。

念樓曰

這也是一封寄自己的作品去給別人看的信，以辭藻論似不如小杜，態度卻比較自然，比較不做作。其所以能如此，原因只在於小杜是將詩文作為贄敬，去呈獻給高高在上的人，希望得到他們的「鐫琢」；范君則是在平等地和朋友交流，「非求存慰」，並沒有甚麼功利的目的，正所謂「人到無求品自高」。

文人要保持獨立的人格，最要緊的便是不要俯首求人，這在威權社會中似乎很難做到，不管這威權是君王，是宗法，還是別的甚麼東西。范仲淹也只有在乾脆賦閒不求進取時，才會有這一分瀟脫。

以詩會友

學 其短

[與梅聖俞]

某啟：經節陰雨，猶幸且晴，不審尊候何
似？聞作《歸田樂》四首，只作得二篇，
後遂無意思，欲告聖俞續成之，亦一時盛
事。來日食後，早訪及為望。

‖ 歐陽修 ‖

◎ 本文錄自《歐陽文忠公全集》卷一百四十九。
◎ 歐陽修，見頁四八注。
◎ 梅聖俞，見頁六八注。

念樓讀

陰雨天持續已久，總算開天放晴了，不知吾兄日來做何消遣？

雨天中想以《歸田樂》為題作幾首詩，作成兩首以後，興致忽然又沒有了，很盼望聖俞老兄你也能來作兩首。我倆合作寫一組詩，也是很有意思的事情。

明天飯後，盼能過來一見。

念樓日

文人的好朋友，往往也是文人。因為同是文人，互相了解便比較容易，也容易找到共同的語言，這本是產生友誼、保持友誼的重要條件。歐陽修和梅聖俞，跟唐朝的白居易和元稹一樣，乃是最要好的詩友，互相唱和的詩都很多，而且也都寫得比較好。如此次所作的《歸田樂》，歐之《夏》：

南風原頭吹百草，草木叢深茅舍小。

麥穗初齊稚子嬌，桑葉正肥蠶食飽。

⋯⋯⋯⋯

田家此樂知者誰，我獨知之歸不早。

乞身當及強健時，顧我蹉跎已衰老。

梅之《秋》：

秋風忽來鳴蟋蟀，豆葉半黃陂水枯。

織婦夜作露欲冷，社酒已熟人相呼。

⋯⋯⋯⋯

田家此樂樂有餘，食肉緝皮裘豈無。

我雖愛之乏寸土，待買短艇歸江湖。

一唱一和，真是以詩會友。

不欲作

⊙**學**其短

［與周澱山］

送行文為諸友所強，極不欲作，而出語輒
犯時諱。見昨所示春容大雅之辭，知其褊
淺矣。乞高明裁示，如不可出，當別作數
語酬之耳。

‖ 歸有光 ‖

◎ 本文錄自王士禛《池北偶談》卷十三。
◎ 歸有光，字震川，明江蘇崑山人。
◎ 周澱山，未詳。

念樓讀

這篇送行文我實在不想寫，是被逼着寫出來的。自己一看，覺得有些犯諱，恐怕真的不合時宜。

你的文章卻寫得既得體，又漂亮。相形之下，更顯得我的修養不足了。

敬請幫我認真把一把關，如果覺得拿出去不妥，我是可以重新再給他寫幾句的。

念樓曰

誰沒有寫過自己「不欲作」的文章呢？流沙河說：

恨平生盡寫，宣傳文學。早歲蛙聲歌桀紂，中年狗皮賣膏藥。

他說恨，而知恨亦即是知恥。知恥近乎勇，我還不夠格。不過已賦遂初，恕不從命，這種「不欲作」的文章總算可以不作了。

但是還有另一類文字常常來要你「作」。請寫書評呀，請賜大序呀，「拙作」請予指正呀……大都是自己作不好，不會作，因而「不欲作」的，但為了情面，為了應酬，為了敷衍，有時仍不能不勉強「作」之。結果當然只能寫出一些旁人不願看，自己不滿意的東西來。真不如保留自家的「褊淺」，請他另找高明，把這類活計交給慣作「舂容大雅之辭」的專家去做，實為德便。

請 刪 削

學其短

[與清甫表姪]

鄙集雖完，甚不自滿，懼有議之者，孰若
愛我而刪棄之乎。謹以一部奉覽，足下深
相知，必能益我也。

‖皇甫汸‖

◎ 本文據王士禛《池北偶談》卷十三《前輩墨跡》所引。
◎ 皇甫汸，字子循，明長洲（今蘇州）人。
◎ 清甫，未詳。

念樓讀

我的集子雖說編成了，卻總是不放心，生怕濫收了不值得保存的文字，被人瞧不起。倒不如請愛護我的人審讀一次，幫我刪掉那些不該收入的。

現送上試印本一部，請將你認為應該刪去的文字指出來。你是十分了解我的人，一定會幫助我的。

念樓曰

對自己的文章有點自信的人，不會怕別人提意見。曹植給楊修的信中說：

世人之著述，不能無病。僕常好人譏彈其文，有不善者，應時改定。

此種歡迎別人來「咬文嚼字」的精神，應該說是十分了不起的，尤其是才高八斗的曹子建。如今浪得虛名的作家，未必有子建之才，卻容不得半點譏彈，氣量未免太窄。

對於肯來「咬嚼」的人，的確應該感謝，因為他幫助你改掉了「不善」。咬嚼要用勁，還得防備硌了牙或者會反胃，不是人人都做得來或願意做的。

皇甫子循的文集已經試印了，還能「懼有議之者」，先送一部給「深相知」「能益我」的表姪看看，請他將認為可以「刪棄」的篇目指出來，這實在是很謙虛也很高明的態度。

以淚濡墨

學其短

[與吳冠五]

僕所作《寒鴉賦》，幸足下一序。非足下目
擊，不知僕以淚濡墨。

‖ 宋祖謙 ‖

◎ 本文錄自周亮工《尺牘新鈔》卷一。
◎ 宋祖謙，見頁一〇二注。
◎ 吳冠五，字宗信，明末清初屯溪（今安徽黃山市）人。

念樓讀

我的《寒鴉賦》，真想請你給作一篇序文。

你是親眼見到我寫它的。除了你，還有誰能相信，我硬是流着眼淚把它寫出來的呢？

念樓曰

作品希望能夠得到一篇好序，大概是作者普遍都會有的一種心情。用一封二十三個字的短信求序，知道他一定會寫，一定寫得好，這人當然只能是自己的好朋友。如果不是好朋友，又怎麼會守在旁邊，目擊自己「以淚濡墨」呢？

以淚濡墨，便是流着淚寫文章。記得有人說過，一個能夠流淚的人，總是好人；一首能夠使人流淚的詩，總是好詩。《老殘遊記》的作者劉鶚，更把一切好的作品都視為人的哭泣，說：

《離騷》為屈大夫之哭泣，《莊子》為蒙叟之哭泣，《史記》為太史公之哭泣，《草堂詩集》為杜工部之哭泣；李後主以詞哭，八大山人以畫哭，王實甫寄哭泣於《西廂》，曹雪芹寄哭泣於《紅樓夢》。

《寒鴉賦》既然是「以淚濡墨」寫出來的，那便是宋祖謙的哭泣；吳冠五能陪着他哭泣，還能為他作序，肯定也是個「能夠流淚的人」了。還是劉鶚說得好：

棋局已殘，吾人將老，欲不哭泣也，得乎？

選 詩

學其短

[與龔野遺]

老病增饞，以口腹累高士，罪豈可懺耶。承選拙詩，幸侍者先錄一帙見示，有未安處，及生前改竄也。一氣不屬，與仁兄異路矣，奈何奈何。

‖ 顧夢遊 ‖

◎ 本文錄自周亮工《尺牘新鈔》卷二。
◎ 顧夢遊，字與治，清初江寧（今南京）人。
◎ 龔野遺，名賢，字半千，清初崑山（今屬江蘇）人。

念樓讀

老人貪吃，叨擾過甚，多多得罪，深以為歉。

承不棄選拙詩為一集，甚盼吾兄要助手先謄錄一份寄下，以便再做些調整。病軀日益不支，只要一口氣上不來，我就會和吾兄永別，那時陰陽異路，我也就沒有可能再參與了。

念樓曰

顧夢遊的詩從明朝寫到清朝，寫了一世，直到晚年，才讓龔賢給他選編了這麼一本《茂綠軒集》。他去龔家吃飯，顯然不是為了「口腹」，定是為了自己的集子，信中仍殷殷囑託，請龔賢「先錄一帙見示」，亦無非想早點見到選目，考慮要不要調整。

前人對「結集」的態度，多半都是十分謹慎的，《李長吉歌詩敘》注云：

樂府惟李賀最工，張籍、王建輩皆出其下，然全集不過一小冊。杜牧敘曰：「賀生平所著歌詩，凡二百三十三首。」今二百三十三首具在，則長吉詩無逸者矣。其逸者，非逸也，皆賀所不欲存者也。

反觀今人，則「在位」時便忙着出「全集」，不僅平日無聊應酬之作一體全收，連別人代筆的報告講話都不割愛，文字上則任其蕪雜，錯字也懶得改。這不要說比不上李長吉，就是比起顧夢遊來，也地隔天遠。

談作詩

［與蔣虎臣］

夫詩以自然為至，以深造為功。才智之士，鏤心劌腎，鑽奇鑿詭，矜詡高遠，鏟削元氣，其病在艱澀。若藉口渾淪，脫手成篇，因陳襲故，如官庖市販，咄嗟輻輳，而不能驚魂駴目，深入人肺腸，浸就淺陋，其病反在艱澀下。

| 施閏章 |

◎ 本文錄自周亮工《尺牘新鈔》卷十。
◎ 施閏章，字尚白，號愚山，清宣城（今屬安徽）人。
◎ 蔣虎臣，名超，清金壇（今屬江蘇）人。

念樓讀

我以為，詩的面目要自然，詩的內涵要深刻。

作詩的人，如果過於注重詩的形式，一味追求新奇，刻意雕琢，只想「創新」，就反而會削弱詩的思想，破壞詩的意境。這樣「做」出來的詩，必然生澀隱晦，難於讀懂。

但是，如果走向另一個極端，說是返璞歸真，實是專事模仿，陳詞舊調，敷衍成章，跟市場上搞批發零售的商販一樣，拿不出真正有吸引力的新貨色，其詩則必然淺薄庸濫，千人一面，這就比生澀隱晦的更不如了。

念樓曰

詩不能寫得太晦澀，也不能寫得太淺露。施愚山自己寫的詩，可以說是講到做到的，如《天涯路》：

天涯望不遠，盡是行人路。日日換行人，天涯路如故。

渺渺白雲遠，萋萋芳草暮。來者知為誰，但見行人去。

四十字中三見「行人」，卻一點也不覺得重複。又如《書丁道人壁》：

山豆花開野菊秋，隔林茅屋是丹丘。

客來問道惟搖手，隨意清泉繞屋流。

在錢謙益、吳偉業之後，施氏算是可與王士禛、朱彝尊齊名的詩人了。蔣虎臣也是個很有個性的人，他於順治三年（一六四六）探花及第，入了翰林，四十幾歲便「告老」辭官，卻不回江南，西上峨嵋山學佛，就死在那裏。

刻《文選》

學其短

[與顧修遠]

日日無暇，不得一把臂，奈何。文選樓刻
《文選》，妙絕佳話。前有蕭維摩，後有顧
辟疆，弟得左顧右盼其間，良快良快。

‖ 王士禎 ‖

◎ 本文錄自周亮工《尺牘新鈔》卷一。
◎ 王士禎，號阮亭、漁洋山人，清新城（今恆台）人。
◎ 顧修遠，名沅，建有「辟疆小築」，清長洲（今蘇州）人。
◎ 蕭維摩，即梁昭明太子蕭統，《文選》的編者。

念樓讀

天天都沒有一點空閒，不能與先生抵掌快談，深以為憾。

得知文選樓刻印《文選》，此乃大大的好事。前有昭明太子，後有辟疆園主，我能追隨你們之後，更多接觸秦漢魏晉的好文辭，真好，真好！

念樓曰

昭明太子將「遠自周室，迄於聖代」的文章，「都為三十卷，名曰《文選》」，時在南朝梁時，去王士禛已千二百年，「文選樓刻《文選》」，則是他眼前的事。那麼，此信談的顯然不是《文選》，而是刻《文選》，有關出版事業了。

愛書的人，聽到刻書印書的消息，都會十分歡喜的。倒不一定得是未曾見過的，或能歸己所有。只要是好的書，印得又好，就足以使得他「良快良快」。

書要印得好，便須得有合適的人。《三科鄉會墨程》也要有馬二先生來選才行，如果都是蕭金鉉、季恬逸一流人選的，那就不堪領教。——如今替出版商選書的卻大都如此，是可歎也。

在嘉興請馬二先生選書的文海樓，在杭州請匡超人選書的文瀚樓，都是書商。此文選樓則是文人刻書的地方，有如全氏汲古閣，劉氏嘉業堂，二者不可同日而語。後來阮元在揚州又有一座文選樓，那卻是王士禛死後多年的事。

讀書之味

⬤學其短

［與陸三］

年來神散，讀過便忘，然必欲貯之腹中，
猶含美饌於兩頰，而不忍下嚥。我之於書，
味之而已。

‖ 朱幼清 ‖

◎ 本文錄自葉楚傖《歷代名人短箋》。
◎ 朱幼清，未詳。
◎ 陸三，未詳。

⬤念樓讀

我近年來精神越來越渙散，書當然還在讀，可是讀過便忘，記是記不住了，讀卻仍然不能不讀。眼睛看着書，就像嘴裏含着美味佳餚，倒不急於吞下肚裏去，生怕一吞下去便沒了。

現在讀書，我真的只是為了品嚐一點佳美的味道，至於對自己有沒有補益，能不能夠充實自己，這些已經不予考慮，也不能考慮了。

⬤念樓曰

說到提倡學以致用，有副對聯說得十分明白：

有功家國書常讀；無益身心事莫為。

不能有功，便是無益，那就不必怎麼讀它。宋真宗《勸學篇》：

富家不用買良田，書中自有千鍾粟。

安居不用架高堂，書中自有黃金屋。

娶妻莫恨無良媒，書中有女顏如玉。

出門不患無隨從，書中車馬多如簇。

「學以致用」想要「致」的項目雖然有可能變更，要求「有功家國」這一點卻怎麼也不會變的。

朱幼清所取的卻是另一種態度，即是學不必致用，讀不必有功，只求其有味便夠了。他說「含美饌於兩頰，而不忍下嚥」，是能知味者，也是我十分忻慕的，雖然對他和那位陸三的情況一直未能詳知。

说事的短信十一篇

説寫字

🔵**學**其短

[草篆帖]

真卿自南朝來，上祖多以草隸篆籀為當代
所稱，及至小子，斯道大喪。但曾見張旭長
史，頗示少糟粕，自恨無分，遂不能佳耳。

‖ 顏真卿 ‖

◎ 本文錄自《顏魯公文集》卷四。
◎ 顏真卿，見頁四四注。
◎ 張旭，字伯高，唐吳縣（今蘇州）人。

念樓讀

我家先世本是看重文化的南朝人，祖輩多人長於書法，各種字體在當時都頗有名聲。到了我這一代，便大不如前了。雖說有幸得到張旭前輩的指點，懂得一些皮毛，但因自己天分太低，終究寫不出滿意的字來。

念樓曰

中國人習慣了謙虛。家宴請客，明明一桌子美味佳餚，也要說「沒有甚麼吃得的，真對不起」。顏真卿在此帖 (寫給誰已不可考) 中說自己的書法「不能佳」，也是謙虛，而態度真誠，絕非虛偽。他說他的祖上多善書法，確係事實。其《世系譜序》稱顏氏先人有「巴陵、記室之書翰，特進、黃門之文章」，「巴陵」指劉宋時官巴陵太守的顏騰之，「記室」指南齊時官湘東王記室的顏協，都是著名的書家。真卿的曾祖、伯曾祖顏勤禮和顏師古，也都以學問、書法著名於唐初。及至真卿，並不是「斯道大喪」，而是「斯道大昌」了。蘇軾稱其書：

> 雄秀獨出，一變古法，如杜子美詩，格力天縱，奄有漢魏晉宋以來風流，後之作者殆難復措手。

朱長文《續書斷》列之為「神品」，謂其書法：

> 點如墜石，畫如夏雲，鈎如屈金，戈如發弩，低昂有態，自羲、獻以來，未有如公者也。

又豈是「不能佳」的？他卻不僅不自滿，還「自恨」不能佳，故能百尺竿頭更進一步。

説挨整

學其短

[與孟簡書]

古稱一世三十年，子厚之謫十二年，殆半
世矣。霆硠電射，天怒也，不能終朝。安
有聖人在上，畢世而怒人臣耶？

‖ 吳武陵 ‖

◎ 本文錄自葉楚傖《歷代名人短箋》。
◎ 吳武陵，唐信州（今江西上饒）人。
◎ 孟簡，字幾道，唐平昌（今山西介休）人。
◎ 子厚，即柳宗元，唐河東（今山西運城）人。

念樓讀

常說三十年為一世。柳宗元被降職下放，已經十二年，差不多就是半世了。驚雷閃電，是老天爺在發脾氣，也不會發上一整天。下面的人講幾句話，惹得上面生了氣，難道這下面的人就要被記恨一輩子，一世不得翻身嗎？

念樓曰

柳宗元和劉禹錫等「八司馬」參與「永貞變法」，議論風發；不巧的是唐順宗即位即病，只八個月便退了位，八人遂全遭貶逐。柳氏被貶到永州，一待就是十年；後移至柳州，又待了五年，就死在那裏了，得年才四十有七。

柳宗元是文人「參政議政」觸霉頭吃了大虧的一個例子。一九五七年因「爭鳴」被劃成「右派分子」的人，結果或勞動教養，或下放北大荒，境遇比柳氏更慘，而且右派的帽子一戴就是二十二年，比吳武陵說的十二年還多了十年，已經不止「半世」。像林昭那樣要交五分錢子彈費的，更是「畢世」了。

柳宗元被貶，還有吳武陵替他鳴不平，公開寫信對「聖人」表示不滿。其實柳以禮部員外郎貶永州司馬，仍舊是地方官，還可以自由創作《永州八記》，發一發「少人而多石」之類的牢騷，更遠非「右派分子」可比。

在咱們歷史上，政治自由和言論自由從來是很少的。爭取自由需要付出的代價就是挨整，動輒半世、畢世，說起來真可怕，亦使人傷心。

說 蘇洵

學其短

［ 與富鄭公書 ］

某啟：暑雨，不審台候何似？有蜀人蘇洵者，文學之士也，自云奔走德望，思一見而無所求。然洵遠人，以謂某能取信於公者，求為先容。既不可卻，亦不忍欺，輒以冒聞。可否進退，則在公命也。

‖ 歐陽修 ‖

◎ 本文錄自《歐陽文忠公全集》卷一百四十四。
◎ 歐陽修，見頁四八注。
◎ 富鄭公，名弼，字彥國，封鄭國公，北宋洛陽人。
◎ 蘇洵，字明允，號老泉，北宋眉山（今屬四川）人。

念樓讀

天氣暑熱，又兼雨濕，謹祝貴體安好。

四川來了位能寫文章的讀書人蘇洵，希望您能夠接見他一次。他說這是出於對您的人格和名望的崇敬，並非個人有何希求。

他從遠地而來，誤以為我是您能夠相信的人，先來找我介紹。一見之後，我覺得不能夠拒絕他，也不能夠不報告您，於是決定寫這封信。行不行，見不見？一切聽從裁奪。

念樓曰

歐陽修比蘇洵只大兩歲，比富弼只小三歲，三人當時的地位卻相當懸殊，所以蘇洵才需要通過歐陽修介紹去見富弼。說是說只「思一見而無所求」，其實「奔走德望」的目的，歸根結蒂也還是希望有德望的人能夠給自己以幫助，這本是士子們在考試之外的又一條出路。

「蘇老泉，二十七，始發憤，讀書籍」。但他發憤讀書以後，仍然屢試不第，年近五十，才和兩個兒子（蘇軾、蘇轍）同至京師謀發展。如果沒有歐陽修的鼎力介紹，「三蘇」憑自己的本事當然也會出頭，但那就不一定會這麼快，這麼順利。

介紹信總還是會要寫的，無論到甚麼時候，只要能夠像歐陽修這樣寫得恰如其分便好。

說果木

🔵**學**其短

[與程天侔]

白鶴峯新居成，當從天侔求數色果木。
太大則難活，太小則老人不能待，當酌中
者。又須土砧稍大，不傷根者為佳。不罪
不罪。

‖ 蘇軾 ‖

◎ 本文錄自《東坡七集 · 續集》卷七。
◎ 蘇軾，見頁二〇注。
◎ 程天侔，名全父，餘未詳。

念樓讀

我在白鶴峯下的新房，最近已經建成了，想向你討幾樣果木來栽上。

樹太大難栽活，太小了老年人又等不及它結果子，所以請給我樹齡大小適中的。

樹蔸子帶的土坨還得留大點，千萬別傷了根。

囉哩囉嗦，請多多原諒。

念樓曰

此信在《蘇軾全集》卷五十五中，前面多出了二十幾個字：

龍眼晚實愈佳，特蒙分惠，感怍不已。錢數封呈，煩聑，增悚。

在《東坡七集》裏，這些卻是另外一封信的最後幾句。《全集》在後面還多出了兩行：

柑、橘、柚、荔枝、楊梅、枇杷、松、柏、含笑、梔子，

漫寫此數品，不必皆有，仍告，書記其東西。十二月七日。

從中可以看出蘇東坡的生活趣味和生活態度。

囉哩囉嗦不嫌煩聑地反覆交代，樹苗大小要適中，樹蔸子帶的土不能太少，說明他對栽樹頗為內行，不是只知住花園別墅，雙手不接觸泥土的。

搞園藝本是親近自然的好方式，可以滿足自己的審美趣味，現代人也頗有嚮往於此的，只是難得有白鶴峯那樣的地方來建屋栽樹。

説 雅 俗

學其短

［答宋殿直］

人胸中久不用古今澆灌之，則塵俗生其
間，照鏡覺面目可憎，對人亦語言無味也。

‖ 黃庭堅 ‖

◎ 本文錄自葉楚傖《歷代名人短箋》。
◎ 黃庭堅，字魯直，號山谷道人，北宋分寧（今江西修水）人。
◎ 宋殿直，殿直乃是官名，餘未詳。

念樓讀

人的身心，若不常常接受古今好思想好文章的洗禮熏陶，必然染上庸俗的灰塵；一照鏡子，便會發現自己的形象越來越猥瑣，開口說話也不免帶着越來越重的俗氣。

念樓曰

黃庭堅是性情中人，詩詞書法都極具特色，所作小文也清雋脫俗，很耐咀嚼，這封短信便是一個很好的例子。

黃庭堅不願見庸俗的面目，不樂聽庸俗的語言，自己更不甘於庸俗。他的辦法便是時常「用古今澆灌之」，從古今書冊中去親近古人，使自己浸淫在他們的風格和氣味裏。這才能使人脫離庸俗，漸入佳境。

這佳境便是雅。雅是俗的對立面，從來是有志行的讀書人所追求的境界。戰國時孟嘗君田文是有名的賢公子，其父田嬰卻最多只能算是中材，王充著《論衡》便評論道：

夫田嬰俗父，而田文雅子也。……故嬰名暗而不明，文聲賢而不滅。

到底是雅比俗好，還是俗比雅好，千百年來，人們心裏都是雪亮的。但不知怎麼搞的，近幾十年來，卻一反故常，偏要提倡「通俗化」。大眾本多俗人（我亦其一），若要提高全國全民的文化素質，正患其不能漸進於雅。原已俗不可耐的演義小說，還要統統拿來重新「戲說」；趙本山那樣「面目可憎」，還要加上「小瀋陽」那樣的故作媚態，黃庭堅若生於今世，恐怕只能向陰曹地府去辦移民了。

說大伯

學其短

［與人帖］

承借剩員，其人不名，自稱曰張大伯。是
何老物，輒欲為人父之兄！若為大叔，猶
之可也。

‖ 米芾 ‖

◎ 本文錄自葉楚傖《歷代名人短箋》。
◎ 米芾，字元章，人稱「米南宮」，北宋襄陽人。

念樓讀

從貴處借用的那個人，問他的名字他不說，只要人喊他「張大伯」。

甚麼老東西，居然一來就要做別人父親的老兄，也未免太托大，太不自量了吧。

如果他謙遜一點，叫他聲大叔還差不多，「大伯」嘛，休想！

念樓曰

一個借用的「剩員」，居然敢在御前書畫博士面前自稱「大伯」，料想他不會有這樣大的膽子。據我看，一定是方言或者諧聲引起的誤會。碰上米芾這個頗有幾分「癲」氣的人，於是留下了這封很有特色的短信。

米芾的字畫都極有名，文章卻少見。這封信實際上只是一張便條，若不是大書法家的墨跡成了「帖」，恐怕不會流傳下來。寥寥三十三字，全是脫略詼諧的口吻，算得上一篇幽默短文，與「米顛」的形象正相吻合。

前三十年容不得幽默。朋友間寫個便條，也得注意莫犯錯誤，怕別人拿去「上綱上線」。及至「文化大革命」開始，更是動筆之先必恭錄一段「最高指示」，最有風趣的人亦不敢開玩笑。要叫大伯就叫吧，如果他是三代貧農或者老革命，誰還敢討價還價啊。

曾國藩做京官時，有張姓醫生自稱「張大夫」，曾氏記作「張待呼」，在家書中表示奇怪，也是因方言諧音引起誤會之一例。

説 借 書

學其短

[與王子敬]

東坡《易》《書》二傳，在家曾求魏八，不
與。此君殊俗惡，乞為書求之。畏公作科
道，不敢祕也。有奇書，萬望見寄。

‖歸有光‖

◎ 本文錄自《震川先生別集》卷七。
◎ 歸有光，見頁一四四注。
◎ 王子敬，歸氏門生。
◎ 魏八，不詳。

念樓讀

魏老八家藏有蘇東坡箋釋的《易經》和《書經》，我向他借看，他不肯。這是個只認官銜不認人的人，唯有請吾兄出面。因為你在都察院做官，「察」的就是他們這些人；你開了口，他是不敢不借的。

此外還有甚麼好書，也千萬先寄給我看看。

念樓曰

自己的面子小，得求面子大的人幫忙，古今一樣，此不足奇。奇的是想方設法求人，求的卻是借兩本書看，倒是讀書人才有的脾氣。

從古就有「借書一痴，還書一痴」之說。還有藏書家告誡兒孫，將書「鬻及借人為不孝」的。所以也不能因為別人不肯借書，便說他「俗惡」。

但如果肯不肯借書的標準是「只認官銜不認人」，對讀書人不肯，對做官的便肯，那麼說他「俗惡」也不冤枉。

為甚麼說，王子敬「作科道」，那位魏老八就不敢不借呢？

清朝的中央監察機關都察院，內設吏、戶、禮、兵、刑、工六科給事中，又按全國行政區劃設十五道監察御史，對口稽查各部各省的政事和刑名案件。六科給事中和十五道監察御史，即所謂「科道官」，有檢舉揭發和公開批評各部各省官員的權力，「乃朝廷耳目之官」（張居正語），故人皆畏之。

說 交 友

[與陳眉公]

相見甚有奇緣，似恨其晚。然使十年前相
見，恐識力各有未堅透處，心目不能如是
之相發也。朋友相見，極是難事。鄙意又
以為不患不相見，患相見之無益耳。有益
矣，豈猶恨其晚哉！

‖鍾惺‖

◎ 本文錄自施蟄存《晚明二十家小品》。
◎ 鍾惺，字伯敬，明竟陵（今湖北天門）人。
◎ 陳眉公，即陳繼儒，見頁七四注。

念樓讀

與君結識，可謂奇緣；用套話來形容，真是相見恨晚。但如果在十年前就結識了，那時你我的見解都不如今日，知心的程度便不會如此之深，觀點也不會如此一致了。

能夠結識一位朋友當然是十分難得的。我則以為，不愁不相識，只愁相識了卻又不能互相理解，彼此切磋。只要能達到這種境界，相見晚一些，又有甚麼不好呢？

念樓曰

都說竟陵派的作品「幽深孤峭」，大約是他們太不願意說前人說過的話，語語必出於己，求之過深處，便不免顯得有點做作，不十分自然了。

在待人接物上，鍾惺也有一點「拗」，《明史》本傳說他「為人嚴冷，不喜接俗客」，縣志說「無酬酢主賓，人以是多忌之」。這種性格，自然和喜交遊會做客的陳眉公大異其趣。

朋友難得的確實是都有見識而又彼此相知，能夠在理解的基礎上交流。抵掌暢談固佳，靜默相對亦自不惡，也不必要斤斤計較有益無益。鍾惺這樣說，未必是跳不出孔聖人設下的圈子，也可能是有意「嚴冷」一下，給眉公一個軟釘子。

走在人生的道路上，所怕的便是寂寞。有一二人結伴，走起來覺得不那麼冷清，就輕鬆多了。朋友就是這可以結伴同行的人，正不必還要他提供甚麼益處。這一點，鍾惺自然是懂得的。

説借錢

學其短

［與去來君］

欲往芳野行腳，希惠借銀五錢。此係勒借，容當奉還。唯老夫之事，亦殊難說耳。

‖ 松尾芭蕉 ‖

◎ 本文錄自周作人《日記與尺牘》。
◎ 松尾芭蕉，日本十七世紀的俳諧詩人。
◎ 去來君，松尾芭蕉的一位門人。

念樓讀

想到芳野地方走走，請借五錢銀子給我做用費。既說是借，自當奉還。——說是這麼說，不過我這老頭子的話，也不一定能夠兌現呢。

念樓日

這是日本詩人松尾芭蕉用漢文寫的一封向人借錢的短信。周作人說它「在寥寥數語中，畫出一個飄逸的俳人來」，確實如此。文章、氣質，均可入明人尺牘，稱為上品。

松尾芭蕉，日本正保至元祿（清順治至康熙）時人。《中國大百科全書》說，他把俳諧發展為具有高度藝術性和鮮明個性的庶民詩，他的作品被日本近代文學家推崇為俳諧的典範。近代傑出作家芥川龍之介盛讚芭蕉是《萬葉集》以後的最大詩人，至今他依然被日本人民奉為「俳聖」。

芭蕉擅長的俳句是日本獨有的只有十七音的短詩，比中國的絕句還短，例如這一首：

古池呀，——青蛙跳入水裏的聲音。

還有一首：

望着十五夜的明月，終夜只繞着池走。

都明白如話，而意味悠遠。如今有些中國人着意造作的「漢俳」，在報刊上發表出來的，我卻看得一頭霧水，簡直比「走到大托鋪，壁上畫隻富（虎）」更加不知所云。

說荻港

學其短

［東奚鐵生］

舟抵荻港，蘆風蕭蕭。四無行人，漁子拏
小舟而出，遙赴夕陽中，「欸乃一聲山水
綠」。此時此景，得足下以倪、黃小筆寫
之，便可千古。奉到青藤一枝，伏聽驅使。

‖ 吳錫麒 ‖

◎ 本文錄自葉楚傖《歷代名人短箋》。
◎ 吳錫麒，見頁五八注。
◎ 奚鐵生，名岡，清錢塘（今杭州）人。
◎ 拏，駕船。

●念樓讀

到達荻港時，已是向晚時分。船泊在岸邊，只有一片蘆葦，在風中輕搖輕響。

近處再無旁人，但見一葉漁舟，在夕陽中緩緩而去。「欸乃一聲山水綠」，猛然覺得，這不是柳子厚詩中的畫面嗎？

如果由你揮毫，用倪雲林、黃子久的筆法，將這幅小景畫下來，我相信，一定會成為不朽之作的。

惠贈手杖謝領，會面之後，隨你去哪裏，都可以追隨了。

●念樓曰

吳、奚二人是畫友亦是文友，吳寫信告奚，已舟抵荻港，文筆頗有畫意。

這荻港在甚麼地方呢？鄭板橋《道情十首》詠老漁翁，「沙鷗點點輕波遠，荻港蕭蕭白晝寒」，使荻港一詞更帶上了詩情。但那只是泛指，並不是實有的地名。

辭典上共有三處荻港：一處在安徽滁州西北，並不近水，當然不是；一處在安徽繁昌的長江邊上，是個水陸碼頭，發達已久，恐亦不會「蘆風蕭蕭，四無行人」；還有一處則只能在民國二十年（一九三一）商務印書館出版的《中國古今地名大辭典》中找到，在浙江吳興縣（今湖州市）南，臨苕溪，最為近似。因為吳和奚都是錢塘（今杭州）人，活動多在浙西蘇南一帶，這裏應是他們往來之地，當然這亦只是我的猜測。

說官司

［復友人］

凡兩訟者，各據所見，無不鑿鑿。聽訟之耳，何由鑒別？惟從其彌縫極工處，便知其極破綻處。蓋天下之人，無故而多一語，此語必有所為；其極工處，乃其極拙處。若夫理直者，其言自簡，了無曲折，反有拙漏。故望而知其誠偽也。

‖ 李石守 ‖

◎ 本文錄自葉楚傖《歷代名人短箋》，作者及其友人俱不詳。

⬤念樓讀

打官司雙方舉證陳詞，都會力求有理有據。如何判斷是非呢？我的經驗是，只有從準備最充分、組織最嚴密的說辭中去發現他的破綻。

人們打官司，都有他們自己的目的。凡是他特別用心的地方，便是他特別需要羅織或掩飾的地方。振振有詞，反而容易露出馬腳，他的巧也就成為他的拙了。

至於有理的一方，通常並不會多說話。話也總是簡單平實，不會有過多的增飾，甚至還會出現口誤或記錯。誠實和虛偽，有經驗的人本可一望而知，因為誠實者總是不需要特別做作的。

⬤念樓曰

此信只取其說事明白，這是觀察入微、分析合理的結果，看似容易，卻也難得。

人世上的事，說簡單也簡單，說複雜也複雜，就看人們怎樣去對待它。一切事物無不有其情理，若能原其情推其理，本應該是不複雜的；怕就怕不講情理，故意矯情言理，或者硬搞一套古往今來從未有過的歪理出來命令大家「照辦」。

就說打官司吧，兩造相爭，當然得依法判斷，而這法首先得是公平的。可是有的法官成為右派，其「錯誤」卻是「主張依法辦案」的單純司法觀點。一句「最高指示」，即可推翻所有法律，踐踏一切公權，「和尚打傘，無法無天」，那就毫無情理可講了。

勸勉的短信十一篇

趕快走啊

學其短

［自齊遺文種書］

吾聞天有四時，春生冬伐；人有盛衰，泰終必否。知進退存亡，而不失其正，惟賢人乎。蠡雖不才，明知進退。高鳥已散，良弓將藏；狡兔已盡，良犬就烹。夫越王為人，長頸鳥喙，鷹視狼步，可與共患難，而不可共處樂；可與履危，不可與安。子若不去，將害於子，明矣。

‖ 范蠡 ‖

◎ 本文錄自《全上古三代文》卷五。
◎ 范蠡，春秋時楚國宛（今南陽）人，助越滅吳後離去，經商致富，稱陶朱公。
◎ 文種，春秋時楚國郢（今湖北荊州西北）人，助越滅吳後反被越王賜死。

念樓讀

天道往還，有春的生機，就有冬的殺氣；人事反覆，有得志之日，就有失意之時。能掌握時機，決定進退，而又能堂堂正正行之，就算得大智大勇的賢者。我當然不行，不過略微能知道自己該怎麼做罷了。

勾踐這個人，只看他雄視闊步指點江山的樣子，便可知只能共患難，不能同安樂。過去他打獵，你我是他的弓箭和獵狗；如今獵物已盡，弓箭便沒有用處，獵狗也可以殺來吃了。這樣的事，他這種心狠手辣的人是一定做得出來的，你還是和我一樣，早點離開他吧。

如果還不快走，大禍必會臨頭。千萬別再遲疑了，趕快走啊！

念樓曰

兩個楚國人，辛辛苦苦進入越國，幫勾踐「十年生聚，十年教訓」，好不容易才滅了吳國。范蠡知道兔死狗烹、鳥盡弓藏的道理，趕快離開勾踐，下海當大老闆去了。文種卻要幫忙幫到底，不聽范蠡這番忠言，結果被勾踐賜死，請他到地下去幫先王。結局反差之大，故事性之強，無逾此二人者矣。

此二人都是心想事成高明得很的人，結局不同只因知不知「進退」。當然，如果更高明一點，一開頭就不進，不去與「鷹視狼步」的領袖共患難，早些下海早發財，西施也省得去陪夫差那麼些年，豈不更妙。

阿房即阿亡

學其短

[與李斯書]

山東羣盜大起，而上方治阿房宮。阿房者，
阿亡也。君前以不直諫阿上意，謂爵祿可
以永終，然今上數誚讓君，君其危哉！

‖ 馮去疾 ‖

◎ 本文錄自王符曾《古文小品咀華》。
◎ 馮去疾，秦人，餘未詳。
◎ 李斯，戰國楚國上蔡（今屬河南）人，入秦為丞相，後死於
　趙高手中。

念樓讀

被我國征服的原六國地區，到處都造反了，皇上還在大建阿房宮。這阿房啊，恐怕要成為「阿亡」了。

您過去一直不向始皇帝講真話，無非是為了迎合他的意旨，以為這樣才能永保富貴。可是，如今的二世皇帝已經好幾次斥責您了，您也該想到自己的危險了吧！

念樓曰

范蠡說「狡兔已盡，良犬就烹」。文種是良犬講良心，才死於喪良心主子之手。李斯則本是條沒良心的惡犬，焚書坑儒等萬惡之事都是他助成的，後來又夥同趙高害死扶蘇、蒙恬，奉承秦二世大修阿房宮，殘民以逞，結果被腰斬，死亦不足蔽其惡。

焚書坑儒，是想叫天下人都不敢說話；殊不知焚書坑儒以後，還有馮去疾這樣的人。正史未載馮去疾其人其事，有可能出於虛構，但人們虛構出來的也就是人們希望有的，更何況「坑灰未冷山東亂，劉項原來不讀書」啊！

「阿房者，阿亡也。」統治者將大興土木作為粉飾門面維持統治的手段，而浪費民力國力的結果反而是統治更快地垮台，阿房即阿亡，一點不錯。

秦皇和李斯倒行逆施自食惡果，報應來得和「四人幫」一樣快。「阿房者，阿亡也」的警告對他們並沒有起作用，也起不了作用，但對天下後世竭天下之力想揚國威、行霸道的小秦皇、小李斯，仍不失為一服清涼散。

積極與消極

學其短

[與摯伯陵書]

遷聞君子所貴乎道者三：太上立德，其次立功，其次立言。伏惟伯陵，材能絕人，高尚其志，以善厥身，冰清玉潔，不以細行荷累其名，固已貴矣。然未盡太上之所繇也，願先生少致意焉。

‖ 司馬遷 ‖

◎ 本文錄自《全漢文》卷二十六。
◎ 司馬遷，字子長，西漢夏陽（今陝西韓城南）人。
◎ 摯伯陵，即摯峻，西漢長安（今西安）人。
◎ 繇，同「由」。

念樓讀

我認為，人的成就主要表現在三個方面：最重要的是道德，其次是事功，再次是立言。

伯陵先生您的個人修養和操行的確十分高尚，連生活小節都無瑕可指，這當然可貴。但道德不該只限於一身，它可以並且應當通過著作和事功表現出來，這一點希望您能更加注意。最好能在上述三個方面都做出成績，您就可以達到更高的境界了。

念樓曰

摯峻和司馬遷是從少時起就交好的朋友，兩人對現實的態度卻並不相同。

司馬遷抱着入世的態度，修身立德以周公孔子為法，著述立言爭文采表於後世，治事立功日夜思竭其才力，乃至給摯峻寫信，為李陵遊說，亦莫非想積極地幫助朋友，以為這樣就可以「自我實現」。而事乃有大謬不然者，積極的結果是「佴之蠶室」，連睪丸陰莖都被割掉了。

摯峻卻抱着出世的態度，他回答司馬遷道：

能者見利，不肖者自屏，亦其時也。《周易》：「大君有命，小人勿用。」徒欲偃仰從容，以送餘齒耳。

自居於「不肖」「小人」，將立德立功立言的事業讓給「能者」和「大君」去做，於是終身不仕，老死山林，至少保全了傳宗接代的器官。

戒阿諛奉承

● 學 其 短

[口授答侯霸]

君房足下：位至鼎司，甚善。懷仁輔義天
下悦，阿諛順旨要領絕。

‖ 嚴光 ‖

◎ 本文錄自《全後漢文》卷二十七。
◎ 嚴光，字子陵，漢餘姚（今屬浙江）人。
◎ 侯霸，字君房，漢密縣（今河南新密市）人。

念樓讀

　　君房先生：被選任宰輔大臣，當然是極好的事。但只有心中想着施仁政，輔佐君王行義道，才會使天下百姓高興。

　　千萬別阿諛奉承。如果君王不對時也一味順從他，完全放棄了自己的責任，那就會害國害民，最後還會害了自己。

念樓曰

　　嚴子陵是不願做官的人，如今富春江上還留有一座釣台，作為他「獨向清江釣秋水」的見證。

　　侯霸卻是個很會做官的人，在漢成帝時為太子舍人；王莽篡國後反得提升，最後當上了淮平（臨淮）郡的太守，很能保全地方；王莽敗滅，又被光武帝徵為尚書令，旋即升任司徒，「位至鼎司」了。

　　鼎司指國之三公，即司徒、司馬、司空，又稱太師、太傅、太保，為古代朝廷中最重要的大臣，相當於宰相。後來官制變遷，這些漸漸都成了虛銜。侯霸能歷事三朝，成為不倒翁，一是比較能幹，二是十分聽話，一直能得皇帝的歡心。他的下任韓歆，即因頂撞光武帝，被責令自殺。

　　嚴光給侯霸打預防針，不為無見。後來侯霸視事九年，並沒有「阿諛順旨」到「要領絕」的程度，也許是嚴光的勸勉起了作用。

絕 交

學其短

[與劉伯宗絕交書]

昔我為豐令，足下不遭母憂乎？親解綬
經，來入豐寺。及我為侍書御史，足下親
來入台。足下今為二千石，我下為郎，乃
反因計吏以謁相與。足下豈丞尉之徒，我
豈足下部民，欲以此謁為榮寵乎？咄！劉
伯宗，於仁義之道，何其薄哉！

‖ 朱穆 ‖

◎ 本文錄自《全後漢文》卷二十八。
◎ 朱穆，字公叔，東漢南陽郡宛（今河南南陽）人。
◎ 劉伯宗，未詳。

念樓讀

還記得嗎？我到豐縣做縣令時，你母親剛去世，你便脫下孝服，前來見我。後來我當了侍書御史，你又忙不迭跑到御史衙門來。

如今你的官做大了，便派辦事員來召見我這個降了職的郎官。難道你真以為自己就要當丞相、廷尉，我真成了你的下屬，會以你的傳見為榮嗎？

劉伯宗呀劉伯宗，你對待老熟人，是不是太無情無義了啊？

念樓曰

朱穆二十來歲便當了縣級官，因被舉高第，桓帝時又當上了侍御史；數年後又升任冀州刺史，秩二千石，是位次九卿的高官了。可是因為查辦宦官葬父逾制開棺陳屍（不開棺陳屍又怎能查明逾制的程度？），他被徵詣廷尉問話，結果降作「左校」。這是管理製造工徒的「將作大匠」屬下的小官，秩六百石（縣令秩六百石至一千石），被一擼到底了。給劉伯宗的絕交信，大約便是這時寫的。

劉伯宗的表現，現在來看亦屬尋常。也可能他自己為「部民」時，去謁縣令、見御史，態度太謙卑，太巴結了；如今成了秩二千石的高官，傳見郎官也是按規矩行事，自然而然擺起了上級的架子，卻忘記此郎官原來是自己卑躬屈膝巴結過的人。

勿禁漁

學其短

[與庾安西箋]

此間萬頃江湖，撓之不濁，澄之不清。而
百姓投一綸、下一筌者，皆奪其魚器，不
輸十匹，皆不得放。不知漆園吏何得持竿
不顧，漁父鼓枻而歌滄浪也？

‖ 王胡之 ‖

◎ 本文錄自《全晉文》卷二十。
◎ 王胡之，字脩齡，東晉琅邪臨沂（今屬山東）人。
◎ 庾安西，名翼，字稚恭，東晉陵（今屬河南）人，為安西將軍。

念樓讀

天地之間的水面寬得很。人去攪動它，不會使它顯得更濁；不去攪動，也不會讓它顯得更清。人在江湖水面上本來是完全自由的。

現在政府卻不許老百姓下江湖捕魚了，撒一網，裝一笱，都要扣留他們的漁具，不交罰款便取不回。聽說有時罰款高達上十匹布，老百姓怎麼負擔得起？

我真有點不明白：以前管漆園的莊子，怎麼能穩坐在江邊垂釣，楚王的使者到了身後也不回頭？還有《楚辭》寫的那位漁父，怎麼能悠然自得地搖着槳唱「滄浪之水清兮」，自由自在地在江上打魚呢？

念樓曰

京戲裏有一齣《打魚殺家》，蕭恩帶着女兒桂英打魚為生，本不想再惹是生非，安分守己地做順民；偏偏又來人討漁稅，激化了矛盾，於是結果只能「殺家」——重出江湖。王胡之勸庾氏莫奪漁具莫罰款，其實還是為了「穩定」着想，是在退火，不是點火。

其實有時候禁漁也是必要的。《國語》：「水蟲孕，水虞於是乎禁罝罜麗。」在魚的繁殖季節，歷史上從來提倡禁漁，但保護資源不宜以命令強迫行之，尤其不該一年四季霸着江湖「討漁稅」，斷了小民的生路。魚要活，人也要活。

難為兄

學其短

[與王昕王暉書]

賢弟彌郎，意識深遠，曠達不羈，簡於造次，言必詣理，吟詠情性，往往麗絕當世。恐足下方難為兄，不暇慮其不進也。

‖ 邢臧 ‖

◎ 本文錄自《全後魏文》卷四十三。
◎ 邢臧，字子良，北朝鄭（今河北任丘）人。
◎ 王昕、王暉，北朝劇（今山東壽光）人。

念樓讀

　　你家這位「小和尚」弟弟，其實是頗有思想的。人很瀟灑，卻少有輕率隨便的時候。發言能說透道理，詩文也稱得上一流。講句玩笑話，只怕二位還難得做他的老兄，對於他的「進步」，你們就不必過於操心了。

念樓曰

　　南北朝時，陳寔的兒子元方、季方都很有名，孫輩爭論他倆誰更有名，陳寔裁判道：

　　元方難為兄，季方難為弟。

從此「難兄難弟」便作為成語流傳下來了。

　　王昕、王暉是「捫蝨談兵」的王猛的後人，兄弟九人，俱有才學，世稱「王氏九龍」。信中說的「彌郎」即王晞，小名沙彌，意思就是小和尚。王昕、王暉是王晞的哥哥，關心弟弟的進步，多次從洛陽寄信給和王晞在一起的邢臧，傳達教訓之意。

　　哥哥關心弟弟當然是很好的事情，但也得先了解弟弟的實際情況，做到有的放矢。如果弟弟已經「麗絕當世」，水平早就超過了哥哥，那就不必以居高臨下的態度出之，還是平等相待為好。

　　這道理也適用於一切傳道授業解惑的人，尤其是自以為有這種責任的人。如果硬要以為只有自己高明，隨時隨地都要來「宣傳羣眾，教育羣眾」，種種麻煩很可能便由此而起。

請寬心

學其短

[勉林學士希逸]

某夙有幸，獲與介弟為寅恭，因之有以詢
居處著作之萬一。不戚戚得喪，而言語文
章，足以詔今傳後，竹溪先生何憾哉！一
日之赫赫者多矣，千載而赫赫者幾人？為
一日計者，無千載也，決矣。

‖ 文天祥 ‖

◎ 本文錄自葉楚傖《歷代名人短箋》。
◎ 文天祥，號文山，南宋廬陵（今江西吉安）人。
◎ 希逸，指林希逸，號竹溪，南宋福清（今屬福建）人。

念樓讀

有幸和令弟同事，因而得知您心境開朗，著作宏富，絲毫沒有為小小得失牽累，一心以自己的文章啟迪今人傳之後世，竹溪先生您真可以說是事業有成，自我實現了。

小人得志暫時風光的人多着呢，真正能夠以學問文章留名今後的又能有幾人？那些只圖眼前風光的人，他們是不會有今後的，一定的。

念樓曰

只知道林希逸工詩文，善書畫，學問也好，研究《易》《禮》《春秋》和老莊、列子，都有著作刊行；卻不知道他因何「戚戚得喪」，大約總是在朝為官犯錯誤受了處分吧。

文天祥和林希逸的弟弟「為寅恭」，便是同僚好友，還有「年誼」（同科考試及第）。他關心同僚的兄長，體貼入微，令人感動。我從小學三年級起就知道文天祥是著名將領，是為國捐軀的烈士，「孔曰成仁，孟曰取義」直到如今還背得出來，卻不太知道他也是一個充滿了人情味的人。

不知從甚麼時候起，英雄烈士都成了「特殊材料製成的」，既能克制世俗的慾望，也能拒絕正常的情感，完全「脫離了低級趣味」。如果告訴他，文天祥不僅曾經如此同情「犯錯誤」的人，還十分喜歡聲色女樂，只怕他還會不相信呢。

不可與同遊

學其短

［答李伯襄］

靈谷松妙，寺前澗亦可，約唐存憶同往則
妙。若呂豫石一臉舊選君氣，足未行而肚
先走；李玄素兩襬搖斷玉魚。往來三山
街，邀喝人下馬，是其本等。山水之間，
着不得也。

‖ 王思任 ‖

◎ 本文錄自王思任《文飯小品》。
◎ 王思任，見頁五二注。
◎ 李伯襄，未詳。

念樓讀

靈谷寺的松林的確幽美，寺前那條溪澗給人的印象也不差。要去遊玩，最好是約唐存憶一同前往。

像呂豫石那樣一副人事處長相，腳還沒提起肚子已經往前挺；李玄素則一身長袍大褂，走起路來大搖大擺，差不多要甩斷掛起來給人看的玉魚。在熱鬧大街上攔着騎馬坐轎的打招呼，故意大聲講話，引起路人注意，才是他們的本色。好山好水之間，是容不得這號角色的。

念樓日

別人要去遊靈谷寺（在南京紫金山之陽，原名蔣山寺），約誰同去，本是別人的事。王君卻偏要苦苦地勸他，只能約某人去，不能約某某等人去；而不能去的理由，則在其「足未行而肚先走」「兩襬搖斷玉魚」，總之是官架子太足，太俗了。於此可見王君的性情直率可愛，其刻畫人物的手段入木三分，妙不可言。

王君筆下的呂豫石、李玄素之流，現在的「精英階層」中仍然大大的有，不過長袍大褂變成了名牌西服，攔住大聲打招呼的也該是進口名牌敞篷車了。

名勝風景處，俗人不可與同遊，這一點尤其深得我心。每年兩次可與離休局、處長同遊，我總是寧願放棄。

交好人

學其短

[與吳介茲]

野梨酸澀類枳。斷桃根接之，稍可啖；再
接之，三接之，甘脆遠過哀梨。可見人不
可不相與好人也。

‖ 段一潔 ‖

◎ 本文錄自葉楚傖《歷代名人短箋》。
◎ 段一潔，未詳。
◎ 吳介茲，未詳。

念樓讀

野梨子又酸又澀，簡直跟枳實一樣，不能入口。將它的枝段和優良果樹嫁接以後，結出來的梨就勉強可以吃得了。再嫁接幾次，口味居然賽過了又甜又脆的哀家梨。

由此可見，人之相交，一定要交品質好、學問好的好人。

念樓曰

以果木嫁接作譬喻，說明應該「相與好人」，算得上會寫信的高手了。但也有人質疑，說「相與好人」便可以轉化人的氣質，事實上恐怕沒有這樣簡單。

第一，是好人不是那麼現成好找的。「行要好伴，住要好鄰」，這話誰都會同意，卻只能是一廂情願。中蘇兩黨論戰時，蘇方來信所引俄羅斯的諺語不是說「人們可以選擇老婆，卻無法選擇自己的鄰居」嗎？

第二，是「嫁接」的辦法也容易發生偏向。且不說桃根是不是最好的嫁接材料，即使都嫁接成功，清一色地「改造」成了「哀梨」，世界上的梨子全是一種口味，豈不又會使人覺得過於單調了嗎，到那時，酸澀的野梨只怕倒成了如今的「土雞蛋」，想吃也難得吃到了。

孔夫子贊成交「益友」，段一潔說「不可不相與好人」，出發點都沒錯。但「益」的標準是於我有益，「相與好人」是為了自己好，則過於從功利考慮了。

人生在世，恐怕不能事事全為功利，還應該有自己的理想和自己的興趣追求。

敬恕二字

學其短

[**與鮑春霆**]

足下數年以來，水陸數百戰，開府作鎮，
國家酬獎之典，亦可謂至優極渥。指日榮
晉提軍，勳位並隆，務宜敬以持躬，恕以
待人。敬則小心翼翼，事無鉅細，皆不敢
忽；恕則凡事留餘地以處人，功不獨居，
過不推諉。常常記此二字，則長屨大任，
福祚無量矣。

| 曾國藩 |

◎ 本文錄自《曾文正公全集》。
◎ 曾國藩，號滌生，清湖南湘鄉白楊坪（今屬雙峯）人。
◎ 鮑春霆，名超，清四川奉節（今屬重慶）人。

念樓讀

　　吾兄連年作戰有功，已經當上總兵官，獨當一面。國家論功行賞，給的待遇很是優厚。很快你又要升任提督軍門，位置更高，榮名更大，責任也更大了。

　　我願奉贈吾兄兩個字：律己要「敬」，做大事小事都要小心謹慎，不敢疏忽；待人要「恕」，功不全歸自己，過不推諉別人，事事都要留有餘地。能時時記住這兩個字，自會勝任愉快，永遠成功，謹此祝賀。

念樓曰

　　以上十封信，都是文人寫給文人的，文人規勸文人的。寫信的如范蠡曾是越國上將軍，接信的如李斯正做秦朝丞相，但他們本質上仍然是文人。只有這封信，寫信的曾國藩時為總督，節制江南四省軍政，也仍是文人行事；接信的鮑超卻是一介武夫，接到信得請營中的「老夫子」唸把他聽，給他講解。

　　鮑超雖然不識字，卻是曾國藩手下一員得力的戰將。此時他已「開府作鎮」，當上鎮台（相當師級），馬上就要升提督軍門（軍級）了。曾國藩要使用他，就得教育他，使他少犯錯，不坍台。都說曾氏能用人，會用人，這封信便是範例之一。「亂世英雄起四方」，出身草莽，因為不怕死，打仗打成了大官的，歷朝歷代都有。不聽教訓，結果身敗名裂的，曾手下有李世忠、陳國瑞，後來也不乏其人。

家人的短信十一篇

實 至 名 歸

學其短

［與弟超書］

得伯章書，稿勢殊工，知識讀之，莫不歎
息。實亦藝由己立，名自人成。

‖ 班固 ‖

◎ 本文錄自《全後漢文》卷二十五。
◎ 班固，字孟堅，後漢安陵（今陝西咸陽東北）人。
◎ 弟超，班固之弟班超，字仲升。
◎ 伯章，姓徐名幹，後漢平陵（今咸陽西北）人，班超的同事。

●念樓讀

見到徐伯章的來信，那草字真是寫得妙極了。懂得書法的人看了，無不極口稱讚。

可見才藝只能靠努力養成，有了才藝自然會得到賞識，名聲一定會起來，實至則名歸啊。

●念樓曰

班固、班超兄弟和他們的姊妹班昭，真可謂一門三傑，歷史上很少見。除了受父親班彪的影響，同胞間互相砥礪，也應該是他們學問事業有成的重要原因。

徐伯章是班超的朋友，後來又是班超立功西域的重要助手。班固見徐伯章的草字寫得好，眾人「莫不歎息」，立即抓住這件事情給弟弟班超寫信，給他講「藝由己立，名自人成」的道理，進行教育和鼓勵。這在平常朋友通信中是不大常見的。

班超大約也曾用功練習過書法，後來卻決心建功萬里外，投筆從戎了。班固自己亦不以書法成名，這裏談的只是個人成功得靠自己努力的普遍真理，伯章書「稿勢殊工」，不過是寫信的一個由頭。

「藝由己立」，關鍵在己，自己不能練出真本事，是立不起來的。「名自人成」，關鍵好像在別人，別人不認可，不讚賞，確實也成不了名；但仔細一想，關鍵仍在自己，如果自己不能憑本事立起來，別人又怎麼會認可，會讚賞呢？

注重人格

［誡子書］

聞汝充役，室如懸磬，何以自辨？論德則
吾薄，說居則吾貧。勿以薄而志不壯，貧
而行不高也。

‖ 司馬徽 ‖

◎ 本文錄自《全後漢文》卷八十六。
◎ 司馬徽，字德操，後漢陽翟（今河南禹州）人。

⬤念樓讀

聽說你要外出當差，家中四壁空空，如何籌措一切？

論名望我家最低，論家境我家最窮。但不能因為地位低就抬不起頭，不能因為家裏窮不自尊自重，人格是最要緊的。

⬤念樓曰

司馬徽在《三國演義》第三十七回中以高士面貌出現過，那是小說家言。他確實有品德，時人稱之為「水鏡先生」，可見其行事相當透明，見解比較透徹。兒子走向社會，司馬徽交代他的不是如何處世應酬，爭取機會，而是只怕他「志不壯」「行不高」，不能夠自尊自重，喪失品格。

俗話說，「人窮志短，馬瘦毛長」；司馬徽教子，卻教他越窮越要有志氣。這和《顏氏家訓》所云，齊朝一士大夫教子鮮卑語及彈琵琶，「以此伏事公卿，無不寵愛」，正是極端相反的兩種態度。

讀書人從來便可以分成兩類。一類的生活目標是「伏事公卿」，只要能升官發財，無論幹甚麼都可以。一類的生活目標卻是要養成並保持高尚的品格，即使「室如懸磬」，也不能「摧眉折腰事權貴，使我不得開心顏」。水鏡先生當然屬於後一類。

此處以「人格」為題，古時當然無此詞語，但教子「勿以薄而志不壯，貧而行不高」，亦可以「注重人格」形容之，至少我是這樣看的。盧梭首倡「天賦人權」，人權既屬天賦，則人人生而有之，並不是盧梭喊出來的。人格也應該是人人生而有之，往來古今一樣的吧。

為子求婦

學其短

[與弟書]

長子容當為求婦，其父如此，誰肯嫁之者？造求小姓，足使生子。天其福人，不在舊族。揚雄之才，非出孔氏。芝草無根，醴泉無源。家聖受禪，父頑母嚚，虞家世法出痴子。

‖ 虞翻 ‖

◎ 本文錄自《全三國文》卷六十八。
◎ 虞翻，字仲翔，三國時吳餘姚（今屬浙江）人。
◎ 嚚，音 yín，愚頑、奸詐的意思。

● 念樓讀

容兒是長子，也成年了。作為他的父親，我只有這樣，上等人家誰會嫁女給他？就從平民小戶中給他找對象吧，我還真想早一點抱孫子呢。

找親家本無須門當戶對，好子女亦未必出自高門。揚子雲寫得出仿《論語》的《法言》，卻並不姓孔。我家舜帝爺是聖人，他父母和弟弟的名聲卻不好。說甚麼木有根水有源，反正虞家世世代代都出痴子，無非下一代再出一個就是了。

● 念樓曰

舉出虞舜「父頑母囂」（語出《史記》）的例子來對抗「龍生龍，鳳生鳳」的觀點，可謂高明。

三國時無「階級出身」之說，但看重世家舊族，本質上和這也差不多。

只是，找親家看階級出身、家庭成分，在二十世紀五六十年代似乎尤其被人重視，簡直害苦了整整一代人。但虞翻生於一千七百多年前，能夠破除門戶之見，說出「芝草無根，醴泉無源」這樣的話來，畢竟非常難得。

家書尤其是父兄寫給子弟的，往往都一本正經，板着面孔說話，這也是講究尊卑長幼秩序的傳統文化的一種特色。虞翻此信能打破常規，以「虞家世法出痴子」一語結束，看似自嘲，實係幽默，使人耳目一新。

勿求長生

學其短

［戒兄子伯思］

君子疾沒世而名不稱，不患年不長也。且
夫神仙愚惑，如繫風捕影，非可得也。

‖ 陳惠謙 ‖

◎ 本文錄自《全後漢文》卷九十六。
◎ 陳惠謙，東漢成固（今陝西城固）人，度遼將軍張亮則之妻。

念樓讀

有理想的人，只怕活得沒價值，不怕活得不久長。敬神仙，求長生，像水中撈月，無論如何也撈不上，只能是一種妄想罷了。

念樓曰

成漢是晉室衰敗時出現的「十六國」中最早建立的小國之一，以成都為中心，從西晉太安到東晉永和間，存在了四十多年。因為遠離中原戰亂，成漢前三十年中「事少役稀，百姓富實」。天師道教於是在那裏盛行，教主范長生竟做了丞相，社會上信神仙求長生的人越來越多。陳惠謙的姪兒沉溺得可能過深，才引出這樣一封信。

「君子疾沒世而名不稱焉」是孔子的話，他追求的不是長生，而是自我實現。陳惠謙用這句話來教育姪兒：人不能把活下去當成人生唯一的目的，不該痴心妄想追求長生久視，因為這「如繫風捕影」，事實上做不到。

繫風捕影，就是想捆住天風、捉住人影，乃是水中撈月一樣根本不可能的事情。

能夠認識到妄求長生「如繫風捕影」，又能夠寫出這樣的信來，陳惠謙當然是讀通了書的人。她姪兒想必也是個讀書人，如果不是，陳惠謙也不會對牛彈琴，浪費筆墨。有的人不讀書，沒思想，不能也不敢懷疑神仙和準神仙的存在和萬能，於是迷信它，崇拜它……一直幹着繫風捕影的蠢事。

將人當作人

學其短

［遣力給子書］

汝旦夕之費，自給為難。今遣此力，助汝
薪水之勞。此亦人子也，可善遇之。

‖ 陶潛 ‖

◎ 本文錄自葉楚傖《歷代名人短箋》。
◎ 陶潛，又名淵明，字元亮，東晉潯陽（今江西九江）人。

● 念樓讀

你們年紀尚小，早晚生活安排，定有不少困難。現派去一名勞役，幫助你們做點打柴挑水之類的事情。他雖係奴僕，同樣是人生父母養的，對待他務必要和善一些。

● 念樓曰

陶淵明在《責子詩》中嗟歎過，自己「白髮被兩鬢」了，「雖有五男兒」，長子「阿舒已二八」，還只有十六歲，最幼的「通子重九齡，但覓梨與栗」，更不懂事。所以他去彭澤當縣令，便派一名「力」（幹力氣活的奴僕）回家來助「薪水之勞」，照顧自己的兒子，這是出於父子之情。但在顧惜自己兒子的同時，他還能顧惜到這名「力」也是人家的兒子，說出「此亦人子也，可善遇之」這句話來，可謂充滿了博愛的精神，「幼吾幼以及人之幼」了。就憑這一句話，陶淵明便當之無愧可稱為人道主義者。

「此亦人子也」，就是將人當作人；但是還有一種與此相反的態度，則是不將人當作人。秦始皇之對儒生，希特勒之對猶太人，斯大林之對富農和「人民公敵」，便是不將人當作人。「死掉幾個億，還有幾個億」，也是不將人當作人。

在人類歷史上，如陶公這樣的智者哲人，他們的仁愛之心、人道主義的思想，永遠是最燦爛的明星，指示着進化和提升的方向。屠戮、虐殺、迫害人之子的獨裁者和暴君，則一個個都已經或必然會被釘在恥辱柱上，永遠被人唾罵。

人與文

學其短

[誡當陽公大心書]

汝年時尚幼，所闕者學。可久可大，其唯
學歟。所以孔丘言：「吾嘗終日不食，終
夜不寢，以思，無益，不如學也。」若使
牆面而立，沐猴而冠，吾所不取。立身之
道，與文章異。立身先須謹重，文章且須
放蕩。

‖ 蕭綱 ‖

◎ 本文錄自《全梁文》卷十一。
◎ 蕭綱，梁簡文帝，字世續。
◎ 當陽公，名大心，字仁恕，蕭綱子。

念樓讀

你年紀還輕，最要緊的是學習。事業要做大，成就要久長，也先要好好學習。孔夫子說，他思考問題思考到不吃不睡的程度，思考來思考去還是空對空，總不如埋頭學習，才能實實在在得益。

不學習猶如臉貼着牆，會一無所知；外表再好看也是猴子穿新衣，成不了人。

學習首先要學會做人，同時也要學會做文章。做人要講規矩，要穩重，要認真；做文章卻要放得開，可以自由瀟灑一點。

念樓曰

宋徽宗、李後主和這位梁簡文帝，都是天生的文化人胚子。他們如果不生在帝王家，便不會亡國，被俘，被害，便可以多寫好多年詩詞，多畫好多年的畫，這對於詩，對於畫，對於他們自己，實在都是最大最大的好事。

簡文帝七歲能詩，是南朝宮體詩的主要作者，寫過不少清麗可誦的好詩，如《金閨思》二首：

遊子久不返，妾身當何依。

日移孤影動，羞睹燕雙飛。（其一）

自君之別矣，不復染膏脂。

南風送歸雁，聊以寄相思。（其二）

他以「立身先須謹重，文章且須放蕩」教子，我以為也不錯。如果錯了，那豈不是「文章先須謹重，立身必須放蕩」嗎？何況他的詩文也並不怎麼放蕩。

不可不守

學其短

［與緒汝書］

政可守，不可不守。吾去歲中言事得罪，
又不能逆道徇時，為千古罪人也。雖貶居
遠方，終身不恥。緒汝等當須會吾之志，
不可不守也。

‖ 顏真卿 ‖

◎ 本文錄自《全唐文》卷三百三十七。
◎ 顏真卿，見頁四四注。
◎ 緒、汝，很可能是顏氏二子頵、碩的小名。

◉ 念樓讀

　　每個人都應該盡自己的責任，不應該放棄自己的責任。去年我受處分，就是因為堅持原則，不肯隨風使舵跟着去當歷史的罪人。雖被貶謫外地，但我並不以此為恥辱。緒兒和汝兒你們也應該理解我，要知道人是不應該放棄責任的啊。

◉ 念樓曰

　　顏真卿多次以「言事得罪」，第一次在四十一歲為侍御史時，反對宰相吉溫以私怨構陷屬官，被派去洛陽做採訪判官；第二次在四十四歲任武（兵）部員外郎時，不附和宰相楊國忠，被外放為平原郡太守；第三次是四十九歲以功除憲（刑）部尚書才八個月，又以「於軍國之事知無不言」為宰相忌，出為馮翊（同州）太守；第四次在五十二歲內調刑部侍郎後，唐肅宗將玄宗遷入西宮，他「首率百官」去問候玄宗，被貶為蓬州長史；第五次在五十八歲復任刑部尚書後，上疏切諫不得阻遏百官論政，接着又言太廟祭器不修，宰相元載遂以「誹謗」之罪，貶他作硤州別駕，旋移貶吉州別駕。這封信就是他在吉州時寫的。

　　這次被貶，顏真卿在外州外郡待了十一年，直到六十九歲時，忌恨他的元載垮了台，才回朝復任刑部尚書，而後又以直言為宰相盧杞所憎，終於被盧借刀殺人——在七十五歲時因奉派勸諭叛軍，被扣押，七十七歲時送掉了老命，實踐了「不可不守」的宣言。

賀姪及第

學其短

［與史氏太君嫂］

某謫海南，狼狽廣州，知時姪及第，流落
中尤以為慶。乃知三哥平生孝義，廉靜自
守，嫂賢明教誨有方，天不虛報也。明日
當渡大海，聊致此書，嫂知意而已。

‖ 蘇軾 ‖

◎ 本文錄自中華書局《蘇軾全集》第六十卷。
◎ 蘇軾，見頁二〇注。

念樓讀

我被貶到海南，流落在廣州時，在顛沛的旅途中得知姪兒考取，倦苦的心情不禁為之一喜。

三哥一生孝義，律己嚴明；嫂子治家能幹，教子有方，你們如今終於得到了回報。

明天就要渡海，匆匆寫此數行，讓嫂嫂知道我的心意就行了。

念樓曰

科舉制度肇自隋唐，至宋代已臻完備。子弟讀書應試，成為士人家庭中的頭等大事。蘇軾只有一個同胞的弟弟，這位三哥肯定是排行的，而且已經去世，故堂姪考試及第，便只能向嫂史氏祝賀；稱之曰太君，則其年紀至少已逾六旬，早過了防閒的警戒線。不然的話，古時叔嫂不通音問，「嫂溺援之以手」也不允許，蘇東坡又怎麼能給嫂嫂寫信？

蘇軾謫海南時在紹聖四年（一〇九七），四月在惠州接到命令，獨身攜幼子蘇過啟程，六月十一日由雷州渡海，七月二日抵達安置地儋州。那麼這封信應該是從惠州到雷州途經廣州時寫的，其時他也是六十二歲的老人了。

人愈老，愈處於狼狽流離之中，愈會覺得親情的可貴，當然這也只有在承認親情、尊重親情的社會中才能如此。

緩緩歸

學其短

[與夫人書]

陌上花開，可緩緩歸矣。

‖ 錢鏐 ‖

◎ 本文錄自葉楚傖《歷代名人短箋》。
◎ 錢鏐，五代時吳越國王，臨安（今杭州）人。

念樓讀

路畔田頭，野花已經開遍，你也可以慢慢收拾回家來了吧！

念樓曰

「亂世英雄出四方，有槍就是草頭王。」寫這封信的錢鏐，就是這樣一位亂世英雄。他原是個私鹽販子，恰逢殘唐亂世，便拿起刀槍，憑自己本事，居然成了稱霸一方的吳越國王。

這封信是他寫給回娘家的夫人，催她回來的，卻寫得旖旎有致，充滿了溫情，全不像赳赳武夫的手筆。

看得出錢大王很愛夫人，希望她快點歸來。信只有兩句，第一句「陌上花開」，點明此際春光大好，提醒夫人不要辜負大好芳時。明明心情迫切，第二句「可緩緩歸矣」卻欲擒故縱，含蓄委婉，完全以商量的口氣，顯出了一片好男人的溫柔。

在家庭和夫妻生活中，女人所希冀的，莫過於男人能注意並尊重她們的身心，「以所愛婦女的快樂為快樂而不耽於她們的供奉」（Symons 氏論凱沙諾伐語）。而在古代東方，女人普遍只是工具和器物，實在太不可能有這樣的享受，似此者可謂難得。

後來蘇東坡以《陌上花》為題作詩，有句云：

> 遺民幾度垂垂老，遊女長歌緩緩歸。

錢大王這封信從此化為歌詩，傳播開來，流傳後世，這就是比唐昭宗賜給他的丹書鐵券更可貴的獎賞了。

惟君自愛

學其短

[與夫子]

城不如郊，郊不如山，徙之西林誠善也。
山靜日長，惟君自愛。

‖ **周庚** ‖

◎ 本文錄自周亮工《尺牘新鈔》卷之十。
◎ 周庚，字明瑛，明末清初莆田（今屬福建）人。
◎ 夫子，此指周庚之夫陳承纘（號挾公）。

念樓讀

住城內不如住郊區，住郊區又不如住山中。你願意搬到西林寺中小住，當然很好。但山居不免寂寞，務請善自珍攝，多多保重。

念樓曰

周亮工《尺牘新鈔》全書作者二百三十七人中，女子只佔二人，又只有周庚（明瑛）一人給丈夫寫了信。

從此信可以看出，這是一對互相體貼的夫妻，又是兩個彼此理解，能夠平等地進行文字交流的朋友。在中國古代歷史上，此最難得。

古時妻子與丈夫以文字交流，最早的當然是徐淑，可惜知名度不高。卓文君和司馬相如開頭浪漫，最後卻只留下一首悲悲切切求男人「白頭不相離」的哀歌。王獻之《別郗氏妻》動了真情，郗氏卻不見答覆，也不知她能不能文。李清照和趙明誠，如《金石錄後序》所敘，實可謂空前佳偶，他們夫婦之間除了詩詞，也一定會有書信往來，卻未能傳之後世。周庚這封信，真要算是吉光片羽。

我想，女人若無特別原因，總是不會樂意「夫子」住到別處的。周庚與陳承纘既是夫妻，又是文友，才會有所不同，但「惟君自愛」四字輕輕落墨，意思卻也深長。

怎樣習字

學其短

[字諭紀鴻]

凡作字，總要寫得秀。學顏柳，學其秀而
能雄；學趙董，恐秀而失之弱耳。爾並非
下等姿質，特從前無善講善誘之師，近來
又頗有好高好速之弊。若求長進，須勿忘
而兼以勿助，乃不致走入荊棘耳。

‖ 曾國藩 ‖

◎ 本文錄自《曾文正公全集》。
◎ 曾國藩，見頁二〇四注。
◎ 紀鴻，曾國藩之次子。

念樓讀

怎樣習字呢？首先總要力求寫得好看。學顏真卿、柳公權，如果學得好，字寫出來既好看，又有骨力；學趙孟頫、董其昌，字寫出來看是好看，就怕氣魄不夠，失之於纖弱。

你的天分並不低，問題是從前初學之時，沒有善於講解指導的老師；近來稍有進步，自己又好高騖遠，急於求成。如今想要提高，既不可脫離原有的基礎，又不可見異思遷、隨意模仿，才不會走彎路。

念樓曰

此信寫於同治五年（一八六六）二月十八日，此時曾國藩以欽差大臣、兩江總督的身分，主持直隸、山東、河南三省的「剿捻」，正在山東。以位高任重、百事紛集之身，尚能對兒子應該怎樣習字進行教導，實在難得。

曾國藩是教子成功的典型。他教子成功，一是時時不忘教，二是事事會得教。比如此信教導怎樣習字，便講得十分切實中肯，完全出於自己的切身體會。在這件事上，還有一個最好的例子，便是咸豐九年（一八五九）八月十二日談「作字換筆之法」一信，對橫、直、捺、撇四種筆畫都做了圖解，「凡換筆（處）皆以小圈識之」。這封信在所有曾集包括全集中都完全印錯了，讀者將其和拙編《曾國藩往來家書全編》上卷一六〇至一六三頁對照一看，便可明白。

臨終的短信八篇

不要造大墓

學其短

[遺令戒子]

吾為將，知將不可為也。吾數發塚，取其
木以為攻戰具，又知厚葬無益於死者也。
汝必斂以時服。且人生有處所耳，死復何
在耶？今去本墓遠，東西南北，在汝而已。

‖ 郝昭 ‖

◎ 本文錄自《全三國文》卷三十六。
◎ 郝昭，字伯道，三國時魏太原人。

念樓讀

我一生帶兵作戰，知道帶兵作戰是不會有好結果的。在戰爭中，我不止一次派人挖過大墓，因為大墓中用的木料多，可以取出來製作攻城或守城的器材，所以又知道，修造大墓大棺大槨，對死者是不會有好處的。我死之後，你們收殮做墳，千萬不要多花人力物力，只用平時穿的衣服葬我就行。

人生到處為家，便到處可死可葬。如今離開先人墳墓已遠，死在哪裏便埋在哪裏吧，甚麼地形、朝向都不必講究，由你們決定便是了。

念樓曰

郝昭在曹家父子手下當將軍，以戰功封侯。長沙馬王堆的大墓裏埋葬的也是一位侯爵，那木槨現陳列在湖南省博物館，足足佔了一間大廳，如果當時挖出來「以為攻戰具」，確實能頂用。

郝昭之不可及處在於：他為將而「知將不可為」，他挖過別人的祖墳便知道自己的墳遲早也會被別人挖，要預為之計。於是他留下這篇遺書，告誡兒子千萬別造大墓，說明厚葬只會使挖墳的更早動手，這實在是十分明智的。

如今有的人連骨灰也不留，省得以後像斯大林那樣，得麻煩後人從水晶棺裏拖出來燒，亦不失為現代的郝昭乎。

記恨街亭

學其短

[臨終與諸葛亮]

明公視謖猶子，謖視明公猶父。願深惟殛
鯀興禹之義，使平生之交，不虧於此。謖
雖死，無恨於黃壤也。

‖ 馬謖 ‖

◎ 本文錄自《全三國文》卷六十一。
◎ 馬謖，字幼常，三國時宜城（今屬湖北）人。

念樓讀

這些年來，您愛護我就像父輩愛護子姪，我尊重您也像子姪尊重父輩，現在一切都不必說了。

從前鯀被處死，他的兒子禹仍然得到重用。今日我犯法當斬，請求您也能好好看待我的兒子。希望我們之間這些年的情義，不要因為街亭這件事就完了。

只要家人能夠得到丞相您的照顧，我雖伏法，在九泉之下，也就不會記恨了。

念樓曰

「馬氏五常，白眉最良」。馬謖（幼常）和他的哥哥馬良（季常），都是從襄陽跟着劉備、諸葛亮打天下的，是蜀漢地地道道的老幹部。結果「白眉」的季常死於對吳作戰，小弟幼常又以「失街亭」被諸葛亮揮淚斬掉了。

說是說「猶子猶父」，但若是真父子，還會斬嗎？即使真的大義滅親要斬，還用得着做這樣的臨終請託嗎？

用馬謖守街亭，是諸葛亮的責任。失街亭斬馬謖，諸葛亮不能不負疚於心。在戲台上，他不是對馬謖做了承諾嗎？那麼這封遺書，是收到效果的了，諸葛亮終究還是諸葛亮。

馬謖引「殛鯀興禹之義」，卻似乎不很恰當。即使他自己的重要性比得上鯀，難道他的兒子能夠比得上大禹？所以馬謖也終究是馬謖。

生 離

㊎ 學其短

[別郗氏妻]

雖奉對積年，可以為盡日之歡，常苦不盡
觸類之暢。方欲與姊極當年之足，以之偕
老，豈謂乖別至此。諸懷悵塞實深，當復
何由日夕見姊耶？俯仰悲咽，實無已已，
唯當絕氣耳。

‖ 王獻之 ‖

◎ 本文錄自《全晉文》卷二十七。
◎ 王獻之，字子敬，東晉臨沂（今屬山東）人，王羲之之子。
◎ 郗氏妻，名道茂，高平（今山東微山）人。

念樓讀

我們在一起的時候，每天從早到晚都很快樂，苦惱的只是不能在一切方面極盡滿足。本以為可以白頭偕老，誰知竟被迫永久分離。這一直是我心上無法癒合的傷口，它永遠在流着血。

早晚再見上一面已經不可能了。死去時我只能帶着這顆流血的心和永遠無法彌補的遺憾。真是沒有一點辦法，沒有一點辦法啊！還是早點死了吧！

念樓曰

都說人生最大的悲哀是生離死別，這封信便真真寫出了生離死別的悲哀。

獻之為王羲之幼子，初婚郗氏。後來簡文帝的三女兒新安公主的丈夫死了，她選中王獻之去「替補」，獻之遂被迫與郗氏離婚。

獻之只活了四十二歲，他是道家信徒，臨死時按道教規矩，家人要為他上章懺悔一生過錯，問他要懺悔些甚麼，他只說了一句：

　　不覺有餘事，惟憶與郗家離婚……

並且給郗氏寫了這封訣別的信。

信中「常苦不盡觸類之暢」，「類」字《全晉文》作「頹」，余嘉錫《世說新語箋疏》作「額」；「方欲與姊極當年之足」，「足」字《名家集》作「足」。

死 別

◉ **學**其短

[與徑山維琳]

某嶺海萬里不死，而歸宿田里，遂有不起
之憂，豈非命也夫？然死生亦細故爾，無
足道者。惟為佛為法為眾生自重。

‖ 蘇軾 ‖

◎ 本文錄自《文集》卷六十一，作者時在常州，已病重，半月
　後去世。
◎ 蘇軾，見頁二〇注。
◎ 徑山，杭州佛寺。
◎ 維琳，僧人，俗姓沈，好學能詩。蘇軾為杭州通判時，請其
　到徑山住持。三十年後，蘇軾北歸，途中發病，維琳得信即
　來常州照料至蘇軾去世。

念樓讀

流放在萬里外的蠻荒之地那麼多年，本該死在那邊的，卻死不了。好不容易回到自己熟悉的地方，還未定居下來，便得病快要死了，難道不是命該如此嗎？

但我知道，個人生死，不過天地間一小事，所以並沒有甚麼需要訴說的。

大師深明佛學，精通佛法，發願普度眾生，永別之時，盼能為此珍重。

念樓曰

說人貪生怕死，好像很難聽，其實這不過是一切動物包括人的本能。當然動物也有不怕死的時候，如蜂之衛王，獸之護幼；假如要對自然法則做道德的判斷，也可說是無私無畏。不過動物沒有人腦子，不會講成仁取義一類的話。

但死終是每個人必然的歸宿，再貪生也貪不到永生，再怕死也不可能不死，能夠不夭死、不橫死、不枉死就不錯了。若後代已經長成，本身機體已壞，還要苦苦掙扎，求上帝或馬克思緩發通知，既屬徒勞，亦覺無謂。

蘇軾說是活了六十六歲，其實滿六十四還差半年，挨了那麼久的整，剛剛回來就要病死，自然不會毫無留戀。但是他明白，人在「命」也就是自然法則面前是「不足道」的，所以也就能平靜對待，不失常態。

他不能逃過死，卻能死得不失風度。

義無反顧

[臨終遺子書]

此去冥路，吾心浩然，剛直之氣，必不下
沉，兒可無慮。世亂時艱，努力自護。幽
明雖異，寧不見爾。

‖ 韓玉 ‖

◎ 本文錄自葉楚傖《歷代名人短箋》。
◎ 韓玉，字溫甫，金漁陽（今北京密雲）人。

●念樓讀

臨死之前，我的心中充滿了自豪。憑着一身浩然正氣，相信我絕不會下地獄，兒子你盡可放心。

生當亂世，時局艱危，你不可自暴自棄。雖然幽明異路，我還是會時時照看着你的。

●念樓曰

韓玉是金朝屈死的忠臣。他曾率兵大敗西夏，上官忌其功，反誣他通夏人，致其下獄論死。這是他在獄中所寫的遺書。

只在熒屏和銀幕上看過岳飛和兀朮的人，可能會認為「金邦」的臣民不是金人便是漢奸。其實《金史》和《清史稿》一樣早已成為中國的正史，金人、滿族人早已成為中國人，元好問、關漢卿一直被認為是中國的詩人、劇作家。如果說南宋有忠臣，金朝又何嘗不能有忠臣。

忠臣的絕筆包括遺書傳世者相當多，韓玉此篇文句簡潔，可稱佳作。他是相信死而有知的，故能「此去冥路，吾心浩然」。我們讀了這封信，也不禁要想，冥路恐怕還是應該會有的吧，雖然它的名字可以叫作極樂世界，叫作天國，或者叫作烏托邦，叫作甚麼主義。

有了這個地方，像韓玉這樣的忠臣烈士，會死得更加義無反顧。不能寫信的人喊起「二十年後又是一條好漢」來，嗓音也會更亮。

朝聞夕死

學其短

[甲申絕筆]

吾弟吾兒讀書須讀經世書，呫嗶之學無用
也。呂新吾先生《呻吟語》不可不讀。我
以死報國，此心慄然。朝聞夕死，原無二
也，勿以為念。

‖ 朱之馮 ‖

◎ 本文錄自葉楚傖《歷代名人短箋》。
◎ 朱之馮，字樂三，明末大興（今屬北京）人。

念樓讀

弟弟和孩子們讀書，一定要讀經世致用的書，背誦八股文章是沒有用處的。呂坤的《呻吟語》一書，內容切實，尤其不能不讀。

我身為大臣，不能救亡拯艱，只能一死報國，雖然抱歉，卻無遺恨。「朝聞道，夕死可矣」的古訓，總算「一是一，二是二」地照做了，你們不必難過。

念樓曰

明朝先亡於李闖，後才亡於清朝。李闖進京，一路上迎降者多，抵抗者少。武臣堅決抵抗，力戰至死的有周遇吉，京劇《寧武關》將他演得有聲有色，可惜卻因為「反對農民起義」被禁演。文臣堅守危城而死國的，則有寫這篇遺書的朱之馮。

關於「臣死國」，李卓吾講過一番很精彩的話，大意是說，讀聖賢書，是教你如何為國做事，不是如何以死報國。朱公是天啟進士，靠「咕嗶之學」也就是八股文章做官的，遺言說「咕嗶之學無用」，正是他以死換來的教訓。

朱之馮為崇禎守宣府，闖軍大舉來攻，他的辦法只有「於城樓設太祖位歃血誓死守」，再就是「盡出所有犒士」，但「人心已散，莫為效力」，於是他只能於城破日懸樑自盡了。但他留下的「讀書須讀經世書」，卻是深切著名的道理。臨死仍不忘向子弟介紹必讀的好書，其從容就義，實在比慷慨赴死更難。

切勿失信

學其短

[遺書]

可法遺書於叔父大人、長兄、三賢弟及諸
弟諸姪：揚城日夕不守，勞苦數月，落此
結果，一死以報朝廷，亦復何恨。獨先帝
之仇未復，是為恨事耳。得副將史德威為
我了後事，收入吾支，為諸姪一輩也，切
勿負此言。四月十九日，可法書於揚城西
門樓。

‖ 史可法 ‖

◎ 本文錄自葉楚傖《歷代名人短箋》。
◎ 史可法，號道鄰，明末祥符（今開封）人。

念樓讀

揚州早晚就要失守了。辛苦了好幾個月，仍然得此結果，也是意料中事。

城破之際，便是我死之時。盡忠朝廷，乃是臣子的本分，只是先帝的大仇未報，未免有遺恨。

後事已託副將史德威辦理。我已答應將他收入本支，列為姪輩，請叔父、長兄、諸弟、諸姪千萬勿使我失信。

念樓曰

初識字時國難當頭，小學校裏高掛着岳飛、文天祥、于謙和史可法的畫像，還唱《滿江紅》，讀《正氣歌》，《答多爾袞書》和《詠石灰》隨後也讀到了。對這幾位，我心中當然是十分敬佩的，但總不禁要想，為甚麼我們的英雄都是失敗者，不成為烈士便成了冤魂呢？

梅花嶺的悲劇過去三百七十多年了。「揚州十日」的慘史，百年前孫中山號召「驅除韃虜」時又重提過一回。但隨着辛亥的走進歷史和滿漢畛域的消失，老瘡疤揭起的痛楚早已淡化。多爾袞已經成了中華民族大一統的功臣，他的《致史閣部書》也可與《敦促杜聿明投降書》先後輝映了。

這封遺書認真交代的只有一點，就是要將「為我了後事」的人「收入吾支」，請叔父長兄等「切勿負此言」。此看似細事，然重諾不苟且的精神，卻和其克盡臣節同樣是人格的表現，從小亦能見大。

嬉笑赴死

⬤學 其短

[字付大兒]

字付大兒看：鹽菜與黃豆同吃，大有胡桃
滋味。此法一傳，我無遺憾矣。

‖ 金人瑞 ‖

◎ 本文錄自徐珂《清稗類鈔·譏諷類》。
◎ 金人瑞，字聖歎，明末清初吳縣（今蘇州）人。

念樓讀

大兒記着：菜蔬子、鹽水豆合在一起，細細咀嚼，居然可以嚼出核桃肉的滋味，這是我獨有的經驗。只要這一點不失傳，要砍頭便砍頭，我也沒甚麼遺憾了。

念樓曰

金聖歎的文章，向來別具一格，絕不一般。他因「哭廟之獄」，和其他十七個秀才一同被斬，做了專制政權屠刀下的慘死鬼。《字付大兒》是他最後的遺墨，也寫得別具一格，絕不一般。這和他的絕命詩：

聲鼓三聲響，西山日正斜。黃泉無客店，今夜宿誰家。

還有他的臨刑時說的一句話：

斷頭至痛也，籍沒至慘也，而聖歎以無意得之，大奇。

風格都是一致的。據當時人記錄，金氏說了這句話後，「於是一笑受刑」，可見他是嬉笑赴死的。這種嬉笑實在是對於專制威權的一種蔑視，因為是嬉笑而非怒罵，故得以流傳開來，也就等於公開宣告，「民不畏死，奈何以死懼之」，比得上嵇康的一曲《廣陵散》。

有人指責金聖歎的嬉笑，以為這是「在鼻樑上塗白粉裝小丑」，「將屠夫的兇殘化為一笑」。這就不僅對金聖歎不公平，而且和刑場上的看客嫌死刑犯沒大喊「二十年後又是一條好漢」覺得不過癮一樣，實在太沒人性了。

書名題籤：鍾叔河

念樓學短

第四冊

鍾叔河 ＼ 著

印　務　劉漢舉
排　版　漢圖美術設計
裝幀設計　陳淑娟
責任編輯　鍾昕恩

出版 / 中華書局（香港）有限公司

香港北角英皇道四九九號北角工業大廈一樓 B
電話：（852）2137 2338　　傳真：（852）2713 8202
電子郵件：info@chunghwabook.com.hk
網址：http://www.chunghwabook.com.hk

發行 / 香港聯合書刊物流有限公司

香港新界大埔汀麗路三十六號
中華商務印刷大廈三字樓
電話：（852）2150 2100　　傳真：（852）2407 3062
電子郵件：info@suplogistics.com.hk

印刷 / 美雅印刷製本有限公司

香港觀塘榮業街六號海濱工業大廈四樓 A 室

版次 / 2020 年 6 月第 1 版第 1 次印刷
©2020 中華書局（香港）有限公司

規格 / 16 開（210mm×150mm）
ISBN / 978-988-8675-80-7

本書中文繁體版本由後浪出版咨詢（北京）有限責任公司授權
中華書局（香港）有限公司在香港和澳門地區獨家出版、發行